Anke Wichmann:
Gringos Reise zu den Sternen

Du bist mein Bruder,
mein Freund,
mein Lover,
mein Jörg.

Anke Wichmann

Gringos Reise zu den Sternen

Eine wahre Geschichte von Liebe und Tod

© 2018 Anke Wichmann

2. überarbeitete Auflage

Buchsatz und Cover-Gestaltung: www.biographie-service.de,
unter Verwendung einer grafischen Arbeit von Jörg Dreisörner
Illustrationen: Jörg Dreisörner
Druck und Vertrieb: tredition GmbH, Hamburg

ISBN 978-3-947694-03-7

L EISE öffne ich die Tür, schläft er noch? Seine Augen sind geschlossen, die Lider flattern. Der Mund steht weit offen und er atmet schwer. Ruckartig hebt und senkt sich sein Brustkorb. Die Lähmung geht hoch bis zum vierten Halswirbel und wirkt sich auch auf die Atmung aus. Ich betrachte staunend dieses Gesicht, das mich immer noch so fasziniert. Stundenlang könnte ich ihn anschauen, meinen Liebsten.

Klar, auch ich sehe den Verfall, sieben Jahre nach unserem persönlichen Super-GAU, die pergamentartige Haut, die sich über seine spitzen Wangenknochen spannt, die gebogene, etwas schief wieder zusammengewachsene Nase, die hohlen Schläfen. Ich muss an aztekische Götterbilder denken, würdevoll, abgehoben. Mein Herz wird schwer, und da ist er wieder, der Kloß in meinem Hals.

„Guten Morgen, mein Engel", lächelt er mich an, „hast du was Schönes geträumt?"

Ich nicke und wir küssen uns zärtlich. Während ich ihm von meinem Traum erzähle, entspanne ich mich.

Plötzlich fängt er an zu würgen und das morgendliche Erbrechen beginnt, Konvulsionen erschüttern erbarmungslos seinen Körper, es kommt aber nur etwas Schleim, kein Wunder, er isst ja so gut wie gar nichts mehr. Dann ist es vorbei und er sinkt erschöpft zusammen.

„Gib mir 'n Hit", flüstert er, es rasselt in seiner Kehle, er grinst schief, und wortlos stecke ich ihm den Joint zwischen die rissigen Lippen.

1

Damals, in den frühen Siebzigern ...

Lippen, so schön, schon damals bin ich so gern auf diesen Mund reingefallen, sinnlich, leichter Überbiss, aber alles passte so wunderbar zusammen, sofort liebte ich dieses Gesicht, die Verpackung einer besonderen Wahrheit, die nur ich erkennen konnte. Vom ersten Moment an war ich verloren und – gefunden. Er sah mich an, mit diesem schmachtenden Adonisblick, und winzige eiskalte Hände griffen nach meiner Wirbelsäule. Ein großer schöner Mann, vielleicht Mitte zwanzig, mit wilden Haaren und verrücktem Blick. Ich kenn dich, sagte er, du bist meine Traumfrau. Zwei ferngesteuerte Raketen rasten aufeinander zu und trafen sich mitten ins Herz. Tausend strahlende Sonnen verbrannten unseren ersten Kuss. Entlang aller Klischees verstanden wir uns ohne Worte, unsere Gedanken transzendierten spontan in klare Energiewellen, die sich uns körperlich mitteilten wie ein heiliges Versprechen. Wir waren eins.

Wir wankten aus der Kneipe, eng umschlungen, und landeten direkt unter einer Abrissbirne. Er hatte sich ein sparsames Plätzchen in einer alten Villa eingerichtet, die schon am nächsten Morgen plattgemacht werden sollte. Was soll's, es gab schließlich noch jede Menge besetzte Häuser in Hamburg. Wir streunten zwei Wochen lang durch die Stadt, alles war egal, immer zusammen, das war's.

Grünspan, Hinkelstein und Cosinus abends, tagsüber waren Campus und Mensa unser Zuhause.

Er las mir lange Passagen von Borroughs, Kerouac und den anderen Dharma Bums der Beat Generation vor, mitsamt ihren tiefsinnigen Erkenntnissen unter Drogeneinfluss. Ich zeigte ihm das „I GING". Das erste Hexagramm, das Jörg erhielt, war die Kreativität. Komm mit nach Amerika, sagte er, ich bin schon auf dem Sprung, ich kann nicht ohne dich sein, ich liebe dich.

Ich fühlte mich so was von auserwählt, es war, als spielte ich im ultimativen Liebesfilm die Liebesgöttin im Liebeshimmel Nummer sieben.

Trotzdem, etwas in mir blieb skeptisch und natürlich blieb ich hier, kleines Mädchen ohne Traute, immer so einen auf obercool getan, aber rundherum musste alles stabil sein und hoffentlich spricht mich jetzt keiner an, ich weiß gar nicht, was ich sagen soll, was Schlaues fällt mir sowieso nicht ein ...

Und überhaupt, warum grade ich? Nach New York? Mit ihm, dem abgedrehtesten Typen, der mir jemals untergekommen war? Erstmal wollte ich, ach, irgendwas anderes, zum Beispiel die lange geplante Rucksackreise nach Indien mit meiner Freundin Eva in die Tat umsetzen, irgendwann demnächst.

Außerdem hatte ich schreckliche Angst, in seinem Liebesschlund zu versinken, um nie mehr als ich selbst wieder aufzutauchen. Liebe, was ist das überhaupt genau, bestenfalls eine vorübergehende, äußerst fragile, wenn auch im Einzelfall extrem heftige Euphorie, aber meistens, seien wir mal ehrlich, nur etwas, was man möglichst passiv über sich ergehen lässt, um bloß nicht enttarnt zu werden und dann am Ende doch nur nackt und weinend in der Ecke zu stehen.

Soviel zu meinem damaligen Bild von mir und der Welt der Liebe. Dieser Typ passte da nicht rein mit seiner Anbetung und seinen wirren Sprüchen, die mir alle nur sagen wollten: Liebe mich.

Ich fürchtete mich davor.

Leider wollte Jörg das alles gar nicht hören und ich war nicht imstande, meine Ängste in die richtigen Worte zu legen. Rhetorisch waren wir beide ziemliche Nieten ...

Ich machte lieber Schluss. Tieftraurig machte Jörg sich auf nach New York City, der Stadt seiner Träume.

Nun war er weg und ich konnte ihn endlich vermissen. Das hat auch richtig gut geklappt, schon der erste Brief hat mich umgehauen, er erzählte mir blumig und reich an schrägen Metaphern, wie sich sein neues Leben gestaltete, und ich fühlte mich ihm wieder gefährlich nah. Weitere Briefe folgten und mir wurde zum erste Mal kristallklar bewusst, was für ein Juwel ich da hatte sausen lassen. Und, Junge, konnte der schreiben!

Fürs erste hatte er ein billiges Zimmer im legendären Chelsea Hotel bezogen, mitten in der Lower East Side von Manhattan. Da traf er natürlich sofort auf die richtigen Leute. Verarmte Poeten, verkannte Künstler, Kiffer, Junkies und sonstige irgendwo in den Gestaden des American Way of Life gestrandete Individualisten gaben ihm Grund zur Annahme, dass in Amerika jeder Mensch seinen Visionen treu bleiben konnte, ohne klein beigeben zu müssen.

Aber alle waren ständig auf der Suche nach kleinen Jobs, die sie erstmal über Wasser halten würden und immer fehlten ein paar Dollars, um ein bahnbrechendes großes Projekt durchzuziehen ...

Jörgs literarische Ergüsse erzeugten bei mir ein verwirrendes kakophonisches Echo, aber ich wusste, er würde alles verstehen und unser Briefwechsel wurde immer bedeutungsvoller und zur essentiellen Komponente für uns beide.

Ich wollte mich aber nicht fragen, ob ich die falsche Entscheidung getroffen hatte. Stattdessen machte ich mich erstmal auf den Weg nach Indien. Aber das ist eine andere Geschichte.

Ein halbes Jahr später kam ich verstört zurück und stürzte mich wie eine Ertrinkende auf den Stapel Briefe von Jörg, der sich inzwischen bei meinen Eltern angesammelt hatte. Wie an einen letzten Rettungsanker, der mich aus den Tiefen meiner Erinnerungen an die intensiven Erlebnisse in Indien bergen sollte, klammerte ich mich an Jörgs Botschaften.

Jetzt im Sommer ...

Ohne mich sein kann er heute natürlich schon gar nicht, er würde sterben, wenn ich nicht in jedem Moment für ihn da wäre. Seine Hand hebt sich ein paar Zentimeter, ich nehme sie vorsichtig an meine Lippen und küsse zart die dünnen langen Finger.

„Ich lieb dich so", sagt er.

„Und ich dich, mein Herz."

„Ich glaub ich hab Druck, können wir katheterisieren?"

„Klar, mein Schatz", sage ich und breite schon mal die Utensilien aus: Sterile Handschuhe, Katheter Nr. 12, Gleitmittel, Urinbeutel, Schleimhautantiseptikum. Behutsam ziehe ich die Vorhaut zurück, sterilisiere die Eichel und führe den Katheter ein. Der Urin fließt langsam in den Beutel, oh Shit, ich sehe eine schleimige Wolke, da müssen wir wohl sofort eine Probe zum Urologen bringen, er muss untersuchen, ob es nur Leukozyten sind, oder ob da auch Bakterien mit im Spiel sind. Ich sage nichts.

„Du hast'n Regenbogen auf der Nase", sagt er grinsend und ich freue mich, dass ein Sonnenstrahl gerade jetzt den Weg durch das Prisma am Fenster gefunden hat, wir brauchen jeden Grund zur Freude.

„Gib mir noch'n Hit", bittet er.

„Ich muss erst einen drehen", sage ich, „geht ganz schnell."

Und ich verschwinde in der Küche, wo ich in Windeseile einen Joint drehe. Ja und Amen.

Die Spastik haben wir auf diese Weise wirklich ganz gut in den Griff gekriegt. Die Spastik: Sie ist unser Feind. Blitzartig, wie ein gewaltiger Stromstoß, schießt sie in seinen Körper, sodass sich alles schmerzhaft zusammenzieht. Das muss sich so ähnlich anfühlen wie ein Wadenkrampf der schlimmsten Sorte, nur im ganzen Körper, und sowas muss man erstmal aushalten, manchmal minutenlang. Da kommt so'n bisschen THC eben ganz hervorragend.

Damals ...

Briefe sind ja so was wie Schnappschüsse der Ewigkeit und man kann sie in alten, schön bemalten Holzkästchen aus der Zeit der Jahrhundertwende aufbewahren, was ich getan habe. Seine Briefe, die verzweifelten, die vor Lebenshunger sprühenden, die völlig bekifften, die mir alle immer nur von dem prallen, alles bereithaltenden Leben erzählten, das so aufregend war, man musste es nur packen und schütteln und durfte vor nichts zurückschrecken.

Er ließ mich an allem teilhaben, krempelte für mich sein Innerstes nach außen, schickte mir alles, womit er zu tun bekam: Die Tai-Chi-Übersetzung von Da Liu, das Programm vom La Mamas, die Single „What a difference a day makes", die völlig zerschmettert bei mir ankam und, wow, „Live at CBGB's", monatelang dudelte mein Plattenspieler nichts anderes. Besonders die Skirts hatten es mir angetan mit ihrem Lied, das von irgendwelchen „satin robies" handelte. Und dann die riesige bunte Rainbowperücke, der zu kleine Pilotenanzug, ich musste ihn mittendurch schneiden und suchte lange nach einem passenden Stück Stoff, um es mit Hilfe meiner alten Gritzner-Tretnähmaschine irgendwie da einzubauen – danke, Oma! Ich war stolz auf mein Outfit und liebte Jörg aus der Ferne.

Dann hatte er tatsächlich seine erste Show, eine Ausstellung im Pen and Brush, schon die Einladungskarte war unglaublich! Leider war ich verhindert – akuter Geldmangel ...

9

Aber da ich inzwischen diesen kleinen Laden, das Patchouli, hatte, wo ich indische Räucherstäbchen, Chillums, exotische Parfümöle, afghanische Möbel und chinesischen Schnickschnack an den interessierten Hippie brachte, konnte ich schon bald ein bisschen Kohle zusammenkriegen, um mal nach NYC zu fliegen. Jörgs befristetes Besuchervisum für die USA war seit Jahren abgelaufen, er hätte nur endgültig und für immer und ewig sein gelobtes Land verlassen können. Das Schicksal sollte ihm Jahre später auf grausame Weise zu Hilfe kommen.

Es war der bitterkalte Januar 1975 und meine Mutter wollte für die zehn Tage meiner Abwesenheit den Laden führen. Das war toll, weil: Sie hat alles geputzt und als Erstes die Heizung abgestellt (Anke muss sparen!). In meiner Vorstellung wühlten dick vermummte Jugendliche mit klammen Fingern in den Kostbarkeiten des Orients, um sich in völlig feilschfrei und strategisch geschickt geführten Verkaufsgesprächen mit meiner Mutter wiederzufinden und schließlich mit unnützem Kram erstaunt von dannen zu ziehen.

Eine schöne Menge Geld nahm sie ein, meine kleine Mutti mit ihrem einmaligen Überzeugungstalent und ihrem westfälischen Charme, sodass ich in New York hemmungslos prassen konnte.

Mein Süßer hatte dagegen keinen einzigen Cent auf der Naht. Macht nix, wir gönnten uns alles, was wir wollten: Schlittschuhlaufen im Rockefeller Center, Besuche in Museen, Theatern, Kinos, Bars und Clubs, die Stadt gehörte uns! Er wohnte zu der Zeit im Aquarius Center bei James Rado, dem Autor von „Hair", dem ersten Anti-Kriegs-Musical der Welt, jeder kennt es heute. Abends kochten wir meistens Grünkohl, das konnte ich, tranken jede Menge Sherry und lasen uns die Ergüsse unserer Lieblingspoeten gegenseitig vor. Aufgepeppt wurde alles immer mit großzügig gedrehtem Reefer. Ich sage nur: Pott auf Deckel. Oder doch Faust auf Auge?

Schön war die Zeit, aber ich musste zurück in meinen kleinen duftenden Laden und meine Mutter aus ihrem Traumland erlösen. Mir blieb nichts weiter, als den nächsten postalischen Ereignissen entgegenzufiebern. Jörg versorgte mich indessen weiter mit sensationellen Geschichten aus dem Big Apple, die wie orgiastische Explosionen mein kleines orientalisches Reich erschütterten.

Ich lebte nur noch von einem Brief zum nächsten. Jede Botschaft brachte mir die nötigen Impulse zum Weiterlieben. Und in jedem Brief beschwor er unsere Liebe auf so eindringliche Weise, dass mir angst und bange wurde, zumal manche seiner Geschichten mich nicht nur faszinierten, sonder auch zu Tode erschreckten. Es war viel von Dope, Trips und Alkohol die Rede. Aber auch von Maharishi Mahesh, Tai Chi und Magie.

✳

Jörgs Vater, ein Berliner Tierarzt, wurde 1982 von seiner Sekretärin und derzeitigen Geliebten in einem Taxi erstochen, als er sie grade in eine Alkohol-Entzugsklinik bringen wollte.

Jörg, der nach wie vor illegal in den USA lebte, heiratete seine Freundin Diane und konnte nun zur Beerdigung seines Vaters nach Berlin reisen, die Formalitäten mit seinen Schwestern erledigen und unbehelligt wieder zurück nach NYC fliegen. Er war durch die

Heirat ein „resident alien" geworden. Der neue Status garantierte ihm freie Ein- und Ausreise und half ihm auch, sich in der New Yorker Kunstszene zu etablieren. Jörg besuchte mich einige Male in Hamburg, als ich meinen Laden schon längst runtergewirtschaftet hatte und wieder als Positivretuscheurin arbeitete. Ich kann es nicht erklären, aber noch immer fühlte ich mich von ihm in die Enge gedrängt, wenn es darum ging, ob wir zusammenschmeißen sollten. Außerdem war er ja jetzt verheiratet mit einer Frau, die den Preis seiner Reisefreiheit darstellte, und Jörg war rechtschaffen genug, zu ihr zu stehen. Sie wurde aber von unserer gelegentlichen Zweisamkeit total ausgeklammert, die Arme.

Meine hilflose und unentschlossene Haltung ließ uns nun räumlich wieder völlig auseinanderdriften, aber die Liebe und das Gefühl, zusammenzugehören, blieb. Die Briefe kamen seltener, bald kamen keine Briefe mehr, nur hin und wieder mal 'ne Postkarte mit Haiku. Stillschweigend verklärten wir uns. Die Zeit der Billigtarife und Handyvertragsschlachten lag noch in weiter Ferne.

1989 wurde mein Vater durch eine Operation zum querschnittgelähmten Rollstuhlfahrer, woraufhin es meiner Mutter auch immer schlechter ging, bis sie dann letztendlich ihr chronisches Schmerzsyndrom entwickelte, aus dem es kein Entkommen gab. Sie waren beide Ende siebzig und meine Schwester und ich beschlossen, ihnen zu helfen, ihr weiteres Leben so gut es ging zu meistern.

Unsere Eltern ermöglichten mir im Gegenzug, ein kleines Reihenhäuschen in ihrer Nähe zu kaufen, damit ich immer schnell vor Ort sein konnte. Da ich inzwischen schon lange wieder als Retuscheurin arbeitete, machte ich fortan die Abendschicht, damit ich tagsüber meinen Eltern helfen konnte.

Und so kroch ich weiter durch mein Leben, immer diesen Mann im Herzen. Irgendwie schwante mir, mit dem hatte ich noch gehörig was offen. Die Jahre vergingen, ich erfüllte meine Pflichten mit einer gewissen Demut und lernte viel über mich und meine Welt.

Irgendwann kam eine verwirrende Postkarte von Jörg und ich schrieb sofort zurück, und zwar alles. Ich beschrieb ihm mein Leben, machte kleine Zeichnungen dazu und ließ alles raus, meine Einsamkeit, das Gefühl des Gebrauchtwerdens, das meine einzige Identifikationsmöglichkeit war, mein Ringen um mein Seelenheil, meinen Kampf mit meiner ureigenen Art von Autismus. Das tat so gut. Der Kontakt war endlich wieder spürbar.

Manchmal aber kam die Einsamkeit mit solch niederschmetternder Wucht, dass ich eine drohende emotionale Verkümmerung mit Riesenschritten auf mich zukommen sah, und ich spürte eine schmerzliche Lücke in meinem Dasein.

Ich beschloss, das Ritual des Neumonds zu zelebrieren, um den natürlichen Verlauf aller Dinge herauszufordern oder gar zu beschleunigen. Das Procedere war folgendermaßen vorgegeben:

Ich beschaffte mir wie geheißen eine rosafarbene Kerze und eine Schale, in die ich Rosenblütenblätter legte. Am Abend des Neumonds, der in die Mitte des

Februars fiel, setzte ich mich vor meinen kleinen Altar und konzentrierte mich eine Weile auf mein Vorhaben. Ich ritzte meinen Namen dreimal in die Kerze, zündete sie an und stellte sie auf den Altar. Ich nahm ein paar Blütenblätter aus der Schale, ließ sie im Osten der Kerze fallen und sprach folgende Worte dazu: „Aus dem Osten rufe ich dich, meinen Geliebten, der für mich genau die richtigen Eigenschaften hat. Wie der Wind wirst du erwachen, wie ein Wunsch dich erheben! Komm in mein Leben!"

Ein zweites Mal nahm ich ein paar Blütenblätter aus der Schale und ließ sie diesmal im Süden der Kerze fallen. Dazu sagte ich: „Aus dem Süden rufe ich meinen Geliebten, der für mich genau die richtigen Eigenschaften hat. Ziehe ein in mein Leben mit Feuer und Liebe, mit Freude und Tanz!"

Zum dritten Mal nahm ich einige Blütenblätter, um sie dieses Mal im Westen der Kerze fallen zu lassen. Ich sagte: „Aus dem Westen, aus Aphrodites Gefilden, rufe ich meinen Geliebten, der für mich genau die richtigen Eigenschaften hat. Die Gezeiten werden dich zu mir tragen. Halte Einzug in mein Leben, die Türen sind weit geöffnet."

Ich griff ein letztes Mal in die Schale und ließ die restlichen Blütenblätter im Norden der Kerze fallen. Dazu sagte ich: „Aus dem Norden rufe ich dich, mein Geliebter, der du für mich genau die richtigen Eigenschaften haben wirst. Aus der Erde wirst du dich erheben. Eile herbei! Kehre mit der Weisheit des Lebens bei mir ein! Ich habe dir die Tür zu meinem Herzen geöffnet und beschwöre dich nun. Materialisiere dich, Geliebter. Das ist der Wille der Göttin."

Da ich meine Bitte direkt an das Universum gerichtet hatte, war ich mir bewusst, dass sie zumindest gehört werden würde. Bis spätestens zum nächsten Neumond würde ich auf die Antwort von ganz oben warten müssen. Ich war gespannt.

Jetzt im Sommer ...

„Mein tapferer Held", ich streiche ihm das Haar aus der Stirn, „möchtest du jetzt vielleicht ein Stück Melone?"

„Ach, jetzt grade nicht", sagt er, „ich hab schon wieder diesen Bauchdruck, vielleicht sollten wir nochmal die Luft rauslassen, ich hab das Gefühl, da ist plenty of gas."

„Okay", sage ich, „danach können wir dann vielleicht ein bisschen rausgehen, die Sonne scheint so schön, möchtest du?"

„Oh ja", strahlt er mich an.

Ich mache mich an die Arbeit. Vorsichtig nehme ich die Bettdecke von seinem Körper, beuge sein linkes Bein an, greife nach seinem linken Arm und drehe ihn auf die Seite. Das eingeölte Darmrohr einführen und gleichzeitig im Uhrzeigersinn über seinen Bauch streichen ist schon Routine. Eine gewaltige Explosion lässt uns beide aufatmen.

„Halleluja", sagt er, „danke, mein Engel."

Ode to Screaming Jay Hawkins
Indigestion Blues – Furzer Blues

Gase
Terrorisieren mir Bauch
Und Blase
Ich presse
Kneif und spann
Die Backen
Wünschte, ich könnte
Kacken
Doch plötzlich
Explodiert
Zu meiner allergrößten Freude
Voluminös
Und
Kurz
Halleluja
Ein grandioser Furz

Ich drehe ihn wieder auf den Rücken und hole seine Klamotten, um ihn anzuziehen. Das ist gar nicht so einfach, weil er nicht mitmachen kann. Wie einer überdimensionalen Puppe ziehe ich ihm Windel, Hose, T-Shirt, Socken und warme Hausschuhe mit Klettverschluss an. Jetzt sind wir erstmal beide fix und fertig.

Damals im März

Das Telefon klingelte, er sagte irgendwas, alles brach auf und dahinter war ich. Teneriffa? Klar, das krieg ich irgendwie hin ..., stotterte ich und rief sofort meine Schwester an. Jörg hat eben angerufen, du weißt schon, der Typ mit den Briefen aus Amerika, hat 'ne Vernissage auf den Kanaren. Ich muss da unbedingt hin, so schnell wie möglich, am Besten, du machst dich gleich auf die Socken!

Meine Schwester Barbara wohnte mit ihrem Freund Reiner auf Memmert, einer kleinen, einsamen Vogelinsel in der Nordsee, es würde wohl einen ganzen Tag dauern, bis sie in Hamburg sein könnte. Immer vorausgesetzt, Ebbe und Flut machten mit. Sie musste mit einem kleinen Boot nach Juist, der nächsten größeren Insel, rudern, sechs Kilometer mit dem Fahrrad zum Fähranleger radeln, um dann mit der Fähre ans Festland zu fahren. Dann auf die Eisenbahn, dreimal umsteigen und dreihundertfünfzig Kilometer später konnte sie in Hamburg sein, um meine Eltern zu versorgen, während ich mit zitterndem Herzen meiner inneren Stimme lauschte.

Ich fühlte mich wie ein Teenager und alle Schlagertexte wurden wahr ... Sämtliche Hürden wurden im Sturm genommen und schon zwei Tage später saß ich mit pochendem Puls im Flieger und malte mir schon mal meine Begegnung mit meinem ewigen Geliebten aus. Würden wir uns jetzt wieder sofort erkennen?

Ich hatte mir extra einen Hut gekauft, dunkelbraun, peruanischer Stil, garantiert ökologisch hergestellt und viel zu teuer. Alle meine Beschützer hatte ich mir um den Hals gehängt: Den Bergkristall, Fatimas Hand, das Kreuz des Südens, die Klangkugel mit dem Dreiklang des Weltalls, meine chinesische Münze, die von einem Lama geweihte Kette aus Rishikesh und all den anderen Klimperkram, der gleichermaßen mich am Boden und alle Wege nach oben offen halten sollte. Ich fühlte mich sicher und war gewappnet für alles, was da kommen sollte.

Da stand er, ganz lässig über den Dingen, groß und schön. Wir flogen uns in die Arme, küssten uns scheu auf die Mundwinkel, sahen uns in die Augen und lachten uns an. Da wurde gar nicht lange rumgefackelt, alles war wieder da. Endlich, da bist du ja, komm mit, sagte er, ich hab'n Auto gemietet, wir fahren erstmal an den Strand.

Ganz dicht nebeneinander lagen wir im weißen Sand, erzählten uns alles und hörten gar nicht zu. Ist deine Ehe eigentlich glücklich?, fragte ich ihn und hoffte, er würde sich jetzt nicht über seine Ehefrau beklagen, die ihn nicht verstünde und nicht jammern, dass alles sowieso nichts mehr wäre, dass er sich eigentlich schon lange von ihr hatte trennen wollen, nichts von dem ganzen Gesülze nachplappern, das Männer in bestimmten Situationen so von sich geben.

Naja, sagte er, wir haben ja schon so viel zusammen durchgestanden, zwei Jahre ihre krebskranke Mutter betreut, viele Krisen gemeistert. Damals, als sie mit diesem Japaner nach Spanien abgehauen ist, hab ich mir die Augen ausgeheult.

Dann hast du ja noch einen gut, hörte ich mich doch tatsächlich sagen. Oh Gott, wie 'ne blöde Vorstadtschlampe!

Komm, wir gehen schwimmen, und ich lief schon mal los, er nahm meine Hand und wir ließen uns fallen in das samtene Blau.

Später in seinem Apartamento, saßen wir bei Miles Davis' „Sketches of Spain" aus Jörgs Ghetto-Blaster entspannt auf dem hoteleigenen Rattansofa und er erzählte mir von seiner Show, die in ein paar Tagen eröffnet werden sollte.

Die Rahmen sind noch nicht fertig, sagte er, ich habe dreißig Bilder gemalt, Teneriffa rauf und runter. Meine Stiefmutter ist nämlich vor zwei Monaten gestorben, die ist nach dem Tod meines Vaters hierher auf die Rentnerinsel gezogen und jetzt hat sich gerade rausgestellt, dass sie alles ihrem Nachbarn vermacht hat, der sie immer mit Drogen und Sex versorgt hatte. Bitch! Ich kannte sie gar nicht weiter, ist ja jetzt auch egal, Daddys Kohle ist jetzt eh weg, was soll's? Lass uns mal 'n bisschen schwofen gehen, und was essen wär auch nicht schlecht.

Aber keine Tiere, sagte ich, ich bin Vegetarierin. Er küsste mich und sagte sanft: Du Süße, ich hab so lange auf dich gewartet, mein schöne Blume, jetzt lass ich dich nie wieder los, dann essen wir eben nur noch Gemüse!

Irgendwann kam es dann zum „Äußersten" und die Sache kriegte Konturen. Ich lass mich scheiden, sagte er, Diane wusste von Anfang an, dass mein Herz schon für immer vergeben ist. Ich glaub sowieso, dass sie schon lange 'n Lover hat. Nun mal langsam, sagte ich, vorher gehen wir aber noch schwimmen. Wir pendelten noch vier Tage zwischen Nirvana und gegenseitiger energetischer Osmose, dann hieß es Abschied nehmen. Glücklich wie noch nie ließen wir einander zurück. Das Universum hatte meine Bitte gehört und mir meinen absoluten Favoriten geschickt. Jetzt war es an mir, den roten Faden weiter zu spinnen. Aber ich wusste, ich war endlich da angekommen, wo ich schon immer hin gewollt hatte. Ich hatte meine Schicksalslinie begradigt. Oder begradigen lassen?

Jetzt im Sommer ...

Dieser Rollstuhl ist wirklich der Mercedes unter seinesgleichen, man kann ihn in jede x-beliebige Position bringen, damit der Schwerstbehinderte möglichst entspannt sitzen kann und keine Schmerzen hat. Aber der Transfer von Bett zu Rolli ist immer ein qualvolles Abenteuer, ich muss die Transferdecke faltenfrei und peinlich gerade unter Jörg platzieren, damit er dann im Patientenlifter nicht schief hängt, was wieder mit Schmerzen verbunden wäre. Der Lifter selbst ist zwar praktisch, aber sperrig und für mich ziemlich schwer zu händeln, was Jörg aber nach Möglichkeit nicht mitkriegen soll. Vier Laschen werden an die entsprechenden Haken gehängt und ich hieve ihn per Knopfdruck in die Höhe, um ihn dann positionsgenau im bereitstehenden Rolli Platz nehmen zu lassen.

Alles ist bestens, die Füße haben sich nicht im Gestänge verfangen, er sitzt relativ gerade und lächelt mich an.

„Du bist so tapfer", sage ich.

„Und du erst, du bist mein Idol!"

Ich schiebe ihn raus in die laue Luft, die Sonne empfängt uns fast zu stürmisch.

„Wow, wie das duftet", sagt er und schließt die Augen.

Ich setze ihm die Basecap auf, schließlich darf die Titanplatte in seiner Stirn nicht heiß werden.

„Und jetzt noch 'n Hit", sagt er. „Und 'n Schluck Kaf-
fee, das ist das Paradies! Liebling, ick fühl ma wie die
Made im Speck!"
Ich liebe ihn.

Privilege

Privileged me
Made im Speck
Maggot in speck
Living off the fat of the land
(I'm fed joints
By the hour)
I am weaned
Suckled and
Cleaned
I'm carried on a throne
And driven like a pasha
My love
Beside me
King of the road
Happy to be alive.

Damals ...

Ja, der März in Norddeutschland kann ganz schön kalt sein, besonders, wenn man nach fünf Tagen fiebriger Hitze zu zweit plötzlich allein aus dem Flugzeug gespuckt wird und einen einsamen Traum im Herzen trägt. Diesmal war ich bereit und ich wollte, ich hätte alles opfern können dafür ...

Meine Eltern und Barbara brachten mich ziemlich schnell wieder auf den Teppich und ich fürchtete mich vor meinen eigenen Spielregeln, die unsere Liebesgeschichte ab jetzt befolgen musste.

Niemals wäre es uns Schwestern in den Sinn gekommen, unsere Eltern im Stich zu lassen, sie hatten immer schon auf das Wort „Altersheim" völlig verstört reagiert – das war wohl so ein kollektives Schreckgespenst für die Älteren – und uns Schwestern war das immer heilig gewesen. Wir wollten uns der moralischen und emotionalen Verpflichtung, bis zuletzt für die beiden zu sorgen, nicht entziehen. Natürlich merkten wir erst mit der Zeit, was das im Einzelnen für Konsequenzen haben würde: Verantwortung für zwei Menschen zu tragen, und zwar sieben Tage die Woche, nicht mehr einfach mal für ein paar Tage verschwinden können, immer Optimismus verbreiten und Freude bringen, von den organisatorischen, arbeitstechnischen und zwischenmenschlichen Angelegenheiten mal gänzlich abgesehen.

Ich könnte mir für mich selbst ganz gut vorstellen, von gepiercten Mädels in den Speisesaal geschoben zu werden, wenn es mal so weit wäre und es keine Alternative gäbe ... Barbara und ich hatten die Herausforderung angenommen.

Holst du mich vom Flugplatz ab? Ich lande um zweiundzwanzig Uhr zehn in Hannover und kann es gar nicht abwarten, du fehlst mir so, stell schon mal den Schampus kalt.

Schon saß ich in meinem kleinen Panda, Cindy Lauper fuhr genau wie ich durch die Nacht zu ihrer großen Liebe. Gerührt sang ich mit, neben mir auf dem Beifahrersitz Heidi, mein Hund. Sie zitterte. Die Heizung war kaputt und es war immer noch März, der schönste, kälteste März. Ich zitterte auch, aber die Kälte war mir egal, ich wusste ja, ich würde in Jörgs Armen unweigerlich zerschmelzen wie eine Schneeflocke im August. Heidi mochte Jörg sofort und sie legte sich spontan auf seine Füße, um ihn zu wärmen. Wir waren seit neun Jahren ein Traumteam und verstanden uns ohne Worte. Hoffentlich würde sie ihn als dritten im Bunde akzeptieren, ohne eifersüchtig zu werden ...

Von nun an änderte sich alles, ich fühlte mich nicht mehr allein. Jörg flog zwar manchmal für ein paar Wochen nach New York, um dort irgendwelche Aufträge zu erledigen, aber er rief mich jeden Abend atemlos an und wir konnten es nicht erwarten, bis er wieder in Hamburg war. Jedes Mal brachte er einen Haufen Kram mit und langsam dämmerte mir, diesmal würde es für immer sein. Sozusagen beschlossene Sache.

Und immer öfter musste ich meine Schwester bitten, die beschwerliche Reise anzutreten, um für eine oder zwei Wochen nach Hamburg zu kommen und unsere Eltern zu betreuen, weil wir verreisen wollten.

Anke, du musst doch mal raus, komm wir fahren mal eben in die Dominikanische, ich hab Freunde da, vor dem kalten New Yorker Winter bin ich immer in die Karibik geflohen, das ist bestimmt genau das Richtige für dich!

Cabarete, Surfparadies, ziemlich weit im Nordosten der Dominikanischen Republik gelegen, ist wirklich ein karibischer Traum. Jörg hatte viele Freunde dort, unter anderem Gideon, einen deutschen Allgemeinmediziner, der sich an der Strandpromenade eine Praxis aufgebaut hatte und von Schnittwunden bis Beinbrüchen alles behandelte, was unvorsichtigen Surfern oder betrunkenen Touristen, von denen es massenhaft gab, zustoßen konnte. In den nahen Bergen betrieb er ein kleines Cabanadorf mit vegetarischem Restaurant. Seine Frau Sangeeta war eine Inderin aus Durban, Südafrika. An den Wochenenden veranstaltete sie wunderbare vegetarische Festessen für die Touristen.

Vor Jahren hatte Jörg mitgeholfen, das kleine Dorf aufzubauen, die Wände im Adobe-Stil verputzt und bemalt. Außen hatte er die Häuser mit rätselhaften afrikanischen Motiven, die mich sofort verzauberten, kunstvoll verziert. Der Pool hatte die Form eines gigantischen YinYangs und auf den Wänden und Umfassungen hatte Jörg ein anmutiges Unterwasserpanorama verewigt.

Die blühenden Sträucher, die planschenden Kinder der Hausangestellten und das ganze bunte Ambiente versetzten mich erstmal in einen leichten Trancezustand, in den ich mich nur zu gern fallen lassen wollte. Aber die Gedanken an meine Mutter waren oft wie ein Filter zwischen mir und meiner Umgebung, ich konnte nichts dagegen tun. Natürlich hatte ich auch Angst vor meinem schlechten Gewissen, das sowieso hinter jeder Ecke auf mich lauerte, immer.

Jörg war ein Ausbund an Lebensfreude und schaffte es tatsächlich, mich an die entspannte Bewusstlosigkeit zu gewöhnen, die dort anscheinend alle im Griff hatte. Wir fuhren mit Gideons altem grauen Pickup kreuz und quer über die Insel und genossen Wetter, Wind und Wellen. Meruenge, Cuba libre en masse und die ansteckende Fröhlichkeit der Leute ließen auch mich irgendwann planlos durch die Tage und besonders die Nächte taumeln.

An meiner Seite mein gut gelaunter Jörg, der immer nur das Schöne sah. Er sah nicht die zehnjährigen Shoeshine Boys, die sich, immer auf der Suche nach ein paar Pesos, noch um Mitternacht am Strand rumtrieben, anstatt zu Hause im Bett zu liegen, um am nächsten Morgen zur Schule zu gehen. Er sah auch nicht die verwahrlosten Hunde, die verfilzt und verkrüppelt vor den Restauranttischen rumlungerten und mit hungrigen Augen die Touristen hypnotisierten, um dann endlich, mit viel Glück, eine trockene Pizzakruste in den Sand geworfen zu kriegen. Schon gar nicht sah er die Armut der jungen Mädchen, die überall in den Bars sexy aufgebrezelt in anmachender Pose mit allen Mitteln nach einem reichen Boyfriend suchten.

Aber ich.

Jörg hatte nur Augen für mich. Ich wollte ihm nicht die Stimmung vermiesen, also hielt ich die Klappe.

Alles in Allem war das nicht meine Welt, aber ich mach ja immer alles mit. Wieder zu Hause hatte ich sofort wieder Sehnsucht nach dieser quirligen, chaotischen Welt – typisch: Immer will ich das, was grad nicht dran ist.

Jetzt im Sommer ...

Gerade war Vera, die Physiotherapeutin, da, um Jörg durchzubewegen. Er liegt immer auf dem Rücken, hat aber Gott sei Dank in all den Jahren noch nie einen Decubitus, ein sogenanntes Durchliegegeschwür, gehabt. Das liegt daran, dass er auf einer elektronisch betriebenen Wechseldruck-Antidecubitusmatratze liegt, die mit Luft befüllt ist und höchsten Liegekomfort bietet.

Vera kommt dreimal wöchentlich und versucht, durch gezielte Übungen einer Versteifung der Gliedmaßen entgegenzuwirken. Die Muskulatur eines Gelähmten ist dramatisch von Kontraktionen bedroht, deshalb müssen Arme und Beine regelmäßig gebeugt und gestreckt werden. Aber die Feinmotorik ist wahrscheinlich sowieso unwiederbringlich verloren.

Das ist für ihn als Künstler natürlich eine Katastrophe, immerhin ist er nicht nur bildender Künstler, also Maler und Bildhauer, sondern auch noch ein Geschichtenschreiber, der die Ausgeburten seiner unbändigen Phantasie nur schwer für sich behalten kann. Das will alles raus und bis vor Kurzem noch konnte er mit Hilfe einer Spezialhalterung am rechten Zeigefinger die Tastatur betippen und in mühevoller Kleinarbeit Buchstaben für Buchstaben seiner skurrilen Geschichten ausrotzen.

Noch gar nicht so lange her, dass er sich für alles interessierte, was im weitesten Sinne mit Neurochirurgie und neuesten Hirnforschungen zu tun hatte. Das inspirierte ihn dann zu Geschichten wie zum Beispiel der folgenden.

Um sechs Uhr morgens geht Auroras Hirn auf Sendung

Roy und Phil zögern und zaudern nicht lange, um dem gelähmten Jonny Ray ein Loch in den Kopf zu bohren und eine Elektrode im Schädelknochen so zu verankern, dass sie nicht umherwandern kann. Dann warten sie auf Signale. Mittlerweile überträgt Jonny auf gedanklichem Weg erste Kommandos an die Zentrale. Dank der kühnen Bohrung steuern nun Gedanken die Maschinen. Milliarden Nervenzellen drängen und schubsen, unentwegt elektrische Impulse abfeuernd. In dem tosenden Nervengewitter kann keiner außer der Wasserschnecke einzelne Blitze orten oder gar den Sinn der Signale verstehen. Besagte Wasserschnecke wollte es wissen, bestieg und trieb es mit Silizium auf einem Mikrochip. Zuerst banden sie kaum zu bändigende Neuronen an einen Kunststoffzaun und gingen darauf so richtig zur Sache. Nach wenigen Tagen, siehe da, begann tote und lebende Materie Botschaften auszutauschen. Zack Frommherz schickte noch einen elektrischen Impuls auf die Reise. Dann geschah etwas Wundersames: Der elektrische Reiz wanderte unbeschwert, unbekümmert durch die gesamte Anlage und wurde schließlich von einer Schneckenzelle zurückgegeben. Ein kümmerlicher Cyborg mit dem Gehirn eines Neunauges dümpelte in der Petrischale und orderte über Kabel einen Roboter zur Kloreinigung. Im grellen Licht der Lampen registrier-

*ten seine Sensoren den hellen Schein und er schick-
te empörte Impulse an Neunauge. Neunauge musste
erstmal die heiß gelaufenen Signale verarbeiten, bevor
er einen Befehl an Robo zurück senden konnte, worauf dieser ohne Murren dem Licht entgegen ging. Unterdessen wurde von Carmen in Durham ein Gedan-
kenblitz abgefeuert, worauf im 1000 Kilometer entfern-
ten Cambridge ein Prothesenarm zum Leben erwach-
te und die Vorgänge in der Hirnrinde mittels Kernspin-
tomographie abhorchte, während Jonny Ray die Bewegungen des Zeigefingers der linken Hand trainiert.
Er hat es geschafft, einen virtuellen Zeigefinger auf einem Bildschirm zu krümmen. Er kann mit seiner Vor-
stellungskraft Buchstaben aussuchen und Wörter bilden. Viel hat er allerdings nicht zu berichten. Auf die
Frage, was er so fühle, sagt Jonny nur: „Nichts."*

Nun kann er aber den Arm nicht mehr heben, die
Schulter macht nicht mehr mit, er ist so traurig. Und ich
noch mehr. Heute gehen wir nicht raus, der Himmel ist
zu nah und zu schwer. Dunkle Wolken überschatten
unsere immer kleiner werdende Welt.

Damals ...

Weil wir ja über Jahre nur die Vorstellung vom Anderen perfektioniert und die gegenseitige Alltagstauglichkeit nie groß hinterfragt hatten, gab es natürlich diesbezüglich die eine oder andere Überraschung. So konnte ich nicht begreifen, warum er von morgens bis abends kiffen musste, und er war sehr erstaunt über meine Zukunftsangst, die mich manchmal mit eiserner Kralle in die Zange nahm.

Ich war jetzt fünfzig Jahre alt und manchmal etwas deprimiert, was mein weiteres Leben im Hinblick auf meine Eltern betraf. Zwar hatte ich mir schon seit Jahren die klügsten Bücher und esoterischen Ratgeber reingezogen, aber es zeigte sich doch hin und wieder eine gewisse Diskrepanz zwischen Theorie und Praxis. In den tiefsten Schluchten meiner dunklen Stunden regierte der Griff zum Kiff mit Jörg. Für mich bedeutete kiffen aber, in eine andere Welt zu flüchten, sich der Realität zu entziehen. Schlechtes Gewissen war bei mir damit schon vorprogrammiert.

Jörg war immer fröhlich, unternehmungs- und vor allem reiselustig. Von Flucht konnte bei ihm keine Rede sein, das lag ja vielleicht an seinen Peyoteerfahrungen bei den Indianern in New Mexico, dabei soll man ja angeblich sein wahres Selbst finden ...

Bali, das wär' doch mal was, Schatz, oder wie wär's mit Samoa?

Ich wollte ja noch nie der Partykiller sein und so ließ ich mich hin und wieder mit halbem Herzen wenigstens in die Dom Rep entführen, wo ich mich dann wieder fragte, warum ich eigentlich dort war und nicht bei meiner dahinsiechenden Mutter. Jörg verstand es aber immer, mich mit seiner liebevollen Art für spannende Projekte zu begeistern. Es gab in Cabarete ein Restaurant namens „Miro's", das dringend einen neuen Anstrich brauchte.

Ein Jahr zuvor hatte er ein spektakuläres Wandgemälde im Inneren des Gebäudes geschaffen, ganz im Stil Miros, des großen Meisters. Nun sollten wir auch das Äußere in Miros Sinne verschönern. Zwei Wochen lang suchten wir jeden Morgen die große Leiter, um mit unserer Arbeit fortzufahren. Die drollige Bildkunst in Miroscher Manier auf gelbem Grund gelang uns so hervorragend, dass der akzeptable Preis für die Malerei unsere gesamte Reise finanzierte.

Du, das machen wir jetzt immer so, sagte mein wundervoller Lebensplaner, wir reisen um die Welt und malen immer mal ein Haus an, einverstanden?

Jörg hatte sowieso vor nichts Angst, schon gar nicht vor dem Leben selbst. Das sah bei mir ganz anders aus.

Aber ich bewunderte ihn sehr für seine Unbeschwertheit und die Leichtigkeit, selbst in schwierigen Situationen den Überblick zu behalten.

Ich will doch nur, dass du glücklich bist, sagte er, während ich dachte, ich könnte nur glücklich sein, wenn er glücklich wäre, dass ich glücklich war and so on ... War das schon mein Teufelskreis? Immer zwischen allen Stühlen und alles irgendwie halbherzig, bloß niemanden enttäuschen. Schon gar nicht meine Eltern, die ja vollkommen abhängig von mir waren. Das war ein Riesenspagat, der mich gleichzeitig reizte und lähmte.

Nach einem Jahr war er geschieden, aber wir fingen immer noch nicht an, uns aneinander zu reiben. Die Hypothek unserer jahrzehntelang schwelenden inneren Verbundenheit war zu groß und wir wollten ja unbedingt beieinander bleiben und alles dafür tun, dass wir unsere jahrelang von Sehnsucht genährten Erwartungen nicht selbst kurz und klein schlagen mussten. Also, bloß kein Streit! Wir behandelten uns ganz vorsichtig und waren immer auf der Hut. Weil wir uns ausgesucht hatten.

Er war und blieb Mister Unbeschwert, das tat mir gut, zumal er meine Eltern mit seiner Fröhlichkeit aus ihrer dumpfen Lethargie holte, meiner Mutter einfach mal 'n Kuss gab, ach Jörg, du nun wieder! Ihr gequältes Gesicht verzog sich zu einem neckischen Lächeln, wann wollt ihr eigentlich heiraten? Sie war hin und weg von ihrem potenziellen Schwiegersohn, immer noch hätte sie ihre Tochter gern unter der Haube gesehen.

Wenn Jörg in Hamburg war, half er mir bei der Betreuung meiner Eltern, er trug meine Mutter die Treppen runter, damit sie im Wohnzimmer auf der Couch liegen konnte. Meinen Vater transportierte er mit Hilfe eines sogenannten Skalamobils in den Bastelkeller, wo der seine geliebten Buddelschiffe bastelte, montags brachten wir ihn gemeinsam zur Chorstunde, wo die ehemaligen Siemensmitarbeiter unter der Leitung eines japanischen Chorleiters plattdeutsche Lieder und traditionelle Shanties einübten, um sie später in Altersheimen vorzutragen. Süß.

Jörg war aber auch oft in New York oder Berlin, was ich toll fand. Komm doch mit, Liebling, bat er mich immer, aber manchmal wollte ich lieber in Hamburg bei meinen Pflichten bleiben. Naja, Schatz, du bist eben ein Home-Girl, sagte er dann zärtlich. Wenn Jörg unterwegs war, konnte ich mich so schön sehnen, ansonsten aber den gewohnten Striemel so ganz nach meiner eigenen Vorstellung durchziehen ohne abgelenkt zu werden. Ich begriff, dass meine Lebensaufgabe im wahrsten Sinne des Wortes bei meinen Eltern lag und wollte ihnen das Leben so schön machen, wie es mir möglich war. Dabei entwickelte sich in mir eine Leichtigkeit, die mich selber erstaunte.

Ich liebte meine Eltern mehr als je zuvor. Sie waren meine Kinder und ich mochte sie nicht gern allein lassen, wenn ich abends zu meiner Arbeit fuhr. Wenn irgendwas ist, Mutti, ruf mich sofort an, ok? Was sie auch regelmäßig tat. Oft konnte ich sie beruhigen, Mutti, nimm 'ne Lexotanil, ich komm gleich, wenn ich hier fertig bin, versprochen!

Manchmal musste ich aber auch nachts um zwei noch den Notarzt rufen, weil ihre Schmerzen spitz, dumpf oder brennend zu lange die Oberhand behielten und durch nichts, was in meiner Macht stand, zu lindern waren. Mein Vater litt mit. Er hatte sein Bett seit seiner folgenschweren Operation unten im Wohnzimmer im Erdgeschoss. Abends bedurfte es vieler genauestens einzuhaltender Verrichtungen, damit er es schaffte, sich in sein Bett zu schwingen. Alles musste genau an seinem Platz sein, schließlich musste er am nächsten Morgen wieder den Weg aus dem Bett in den Rolli schaffen. Meine Mutter schlief allein oben. Meine Eltern konnten sich nachts nur mit Hilfe des Haustelefons verständigen, und wenn sie ihn anrief, weil der Schmerz zu übermächtig war, weinte er, weil er ja rein gar nichts machen konnte. Ruf Anke an, sagte er dann, die holt den Notarzt.

Es war eine unberechenbare, leidvolle Zeit für uns alle, in der andererseits eine überirdische Schweißnaht entstand, die uns immer fester verband.

Ich kann nicht mehr, Barbara, das wächst mir alles über den Kopf, was soll ich bloß tun, krampfhaft hielt ich den Hörer ans Ohr. Irgendwo im Universum musste es doch schon eine Lösung für den Knoten geben, der mir unentwirrbar schien. Ich renne immer nur hinter der Zeit her, kann nichts und niemandem mehr gerecht werden, immer müde und immer die Angst vor dem Klingeln des Telefons, ja, Mutti, ich bin gleich bei dir, halt noch ein paar Minuten durch, ja?

Dann musst du eben kündigen, sagte Barbara, das kriegen wir schon hin, finanziell und überhaupt, hab keine Angst, kleine Schwester!

Mir war klar, dass ich mich damit aus allem rauskatapultierte, was mit ausreichender Rente im Alter und geruhsam in die Zukunft blicken zu tun hatte, aber das war mir egal. Ich kündigte, mein Chef war voller Verständnis und mein Zuständigkeitsproblem in Sachen Zeitaufteilung hatte sich in Luft aufgelöst. Weil pflegende Angehörige keinen eigenen Status haben, gehörte ich von nun an zur Armee der Arbeitslosen. Jörg war begeistert, weil ich jetzt nicht mehr abends zur Arbeit musste. Ich widmete mich relativ entspannt meinen Eltern und fing sogar wieder an zu malen, wobei mein Geliebter mich enthusiastisch unterstützte. Du bist so genial, das größte Talent, das die Welt je gesehen hat! Mach mal halblang, sagte ich etwas verlegen, war aber überglücklich ob des Lobs und stürzte mich wie eine Wilde in mein nächstes Projekt: Schweineportraits.

Jörg hatte sich im ausgebauten Keller ein Studio eingerichtet und malte seine großen Indianer- und Buffalobilder. Szenen voller Kraft und Wehmut, wirbelnde Tänzer, verewigt in ekstatischen Posen. Monatelang arbeitete er an eindrucksvollen Collagen, sie waren klein, aber oho, und jede hatte ein spezielles Thema.

Oder er saß am Computer und komponierte schräge musikalische Offenbarungen, in denen wir uns dann abends Hand in Hand selig lächelnd verloren.

Wenn ihn etwas begeisterte – nur dann! – war er ein besessener, tougher Macher und kämpfte sich durch alle Widrigkeiten.

Immer wieder zog es Jörg in seine New Yorker Szene, kein Wunder, konnte das kleine Haus in einem kleinen Vorort von Hamburg doch immer nur ein Ruhepol sein, der nur von uns beiden mit Leben gefüllt wurde. Heidi hatte sich leise verabschiedet, sie war lange vorher schon an Morbus Cushing erkrankt und kam auch nicht klar damit, nicht mehr die einzige Nummer eins in meinem Leben zu sein. Wir begruben sie im Garten unter der Memmertrose und behielten sie lieb.

In Jörgs New Yorker Loft mitten in der Lower East Side ging dagegen die gehobene Kunstszene ein und aus. 25 St. Marks Place war schon immer die Adresse für Dichter, Denker und Andersdenker, aber auch für Freaks, heimatlose Indianer und jede Menge Spinner.

Jörg war sowieso immer für alle da. Angenommen, irgendjemand in Hamburg, Berlin oder sonstwo wollte mal ein paar Tage nach NYC, dann kannte er bestimmt jemanden, der jemanden kannte, der ihm 25 St. Marks empfahl, du, da kannste immer mal pennen, da is immer Party, super Anlaufadresse, gibt auch immer was zu kiffen ...

Diane war schon vor Jahren entnervt in die 9te Straße gezogen, sie war Tänzerin und wollte etwas disziplinierter leben.

Und dann, während eines gemeinsamen New Yorker Sommeraufenthaltes, beschlossen wir, zu heiraten. Das war gar nicht schwer, wir mussten nur zur City Hall gehen und einen Antrag stellen, dann hatten wir vierzehn Tage Zeit, um unser Vorhaben in die Tat umzusetzen. George Stonefish, ein langjähriger Freund von Jörg, sollte unser Trauzeuge sein.

Wir suchten ihn im Native American Community House auf, wo er als Koch arbeitete, um ihn zur Trauung abzuholen. Er war entsetzt über Jörgs Outfit.

Oh no, my friend, sagte er, so nicht! Nicht in kurzen Hosen, Sandalen und T-Shirt! Komm morgen etwas feierlicher gekleidet wieder, dann ziehen wir das Ding meinetwegen durch. Und wir hatten schon amüsiert festgestellt, dass heute ausgerechnet der 9.9.1999 war ...

Am nächsten Tag versuchten wir es noch einmal, diesmal angemessen gekleidet, George war einigermaßen zufrieden mit unserem Erscheinungsbild und wir drei machten uns zur City Hall auf den Weg. Unterwegs kauften wir bei Barney's, einer großen Kaufhalle der schlichteren Art, unsere Ringe, die das Symbol unserer Verbindung sein sollten. George hatte sich toll rausgeputzt, seine hüftlangen schwarzen Haare trug er offen, außerdem hatte er seinen besten Schmuck angelegt: Lange indianische Gehänge baumelten von seinen Ohrläppchen, Handgelenke und Finger waren mit kostbarem Silber geschmückt und um den Hals trug er seine Festtagskette aus Türkisen, Knochen und Leder.

Die Zeremonie war eher schlicht, aber darauf kam es gar nicht an. Die Beamtin fragte mich irgendwas und ich sagte, yes, I will, äh, I do. Schließlich hielten wir unsere Heiratsurkunde in den Händen und wussten nicht wohin vor lauter Übermut und Glück. Ganze achtundzwanzig Jahre nach dem Beginn unserer Leidenschaft füreinander!

Dann gingen wir ein kühles Bier trinken, im Veselka, der ukrainischen Mutter der Gastfreundschaft.

Die Begeisterung über unsere Heirat hielt sich in Grenzen, jedenfalls in New York (wegen Diane?), aber alle gaben sich Mühe und waren sehr freundlich zu mir, wie sie so sind, die Amis.

Meine Eltern schwankten zwischen ungläubigem Staunen und einer gewissen Wehmut, dass wir unseren Bund fürs Leben so unspektakulär und ohne großes Brimborium eingegangen waren. Und Barbara schenkte jedem von uns ein rotes hölzernes Herz mit Metallflügeln. Zum ins Fenster hängen. Sowas von symbolträchtig ...

Unsere Hochzeitsreise führte uns durch Delaware nach Virginia, wo wir einige Tage am Turtle Beach in unserem ungezügelten Glück schwelgten. Viginia is for lovers! Zurück in Hamburg kümmerten wir uns um die Eltern und um unser verträumtes kleines Reihenhaus und waren glücklich zusammen. So hätte es ewig weitergehen können, sorglos ergänzten wir uns, waren uns selbst genug und benahmen uns oft genug wie Kinder allein zuhaus. Kann das Leben schön sein! Malen, spielen, lieben, was das Zeug hält.

Nur Jörgs Schwestern waren absolut nicht begeistert von der neuen Paarung, sie hielten Jörg sowieso für einen auf Abwege geratenen Traumtänzer, dem es völlig an Anstand mangelte. Scheidungen kamen in ihrer Welt nicht vor. Noch nicht mal eine wie auch immer geartete Karriere hatte er vorzuweisen. Dabei glich sein fehlender Ehrgeiz, der mich faszinierte, in meinen Augen eher dem eines Büffels, dem man immer nur das Balletttanzen beizubringen versucht hatte. Er tat immer nur das, was ihm Gefühl und Stimmung vorgaben und ich bewunderte ihn dafür. Wer traute sich das schon in dieser materiell orientierten Welt?

Meine Mutter wurde im Frühling 2001 vom großen Geist aus ihren Schmerzen gelöst und hatte endlich ihre Ruhe. Das zeigte sich ganz deutlich in ihren weichen, entspannten Gesichtszügen. Die ganze Familie, außer unserem armen, gelähmten Vater, hatte sich tags zuvor um ihr Bett versammelt und sie schaute uns alle nacheinander eindringlich an, als ob sie sich unsere Gesichter für immer und ewig einprägen wollte. Da war schon etwas unbeschreiblich Fernes und Intensives in ihrem Blick und wir ahnten alle, was sich ankündigte: Ihre Seele war bereit, den Körper zu verlassen. Und so geschah es.

Nach der nächtlichen Totenwache durfte ihre menschliche Hülle noch einen Tag bei uns bleiben, wir betteten sie behutsam im Wohnzimmer auf die Couch, bedeckten sie mit Rosen aus dem Garten und mein Vater konnte ihr immer noch nicht all das sagen, was sich schon vor langer, langer Zeit tief in seinem Innersten vor ihm versteckt hatte. Dass er sie liebte, wie einsam er sich fühlte und er der Angst, die sich dunkel und bedrohlich in sein Herz bohrte, jetzt und nie mehr irgendetwas würde entgegensetzen können. Er blieb eine Zeit lang allein mit ihr und weinte still und herzzerreißend. Dann tranken wir alle zusammen in der Küche etwas Bier, erzählten von ihr und hofften, dass sie jetzt glücklich wäre, irgendwo da oben, over the rainbow.

Jetzt im Sommer ...

Heute haben wir das Resultat der Urinuntersuchung bekommen: Es ist schon wieder eine schwere Harnweginfektion. Antibiotika, Stuhlprobleme, Schwäche, Appetitlosigkeit, das ganze Programm fängt mal wieder von vorne an.

Ich setze mich für einen Moment in die Küche, weine ein bisschen und rauche eine American Spirit gelb, um meine Nerven zu beruhigen. Seitdem Jörg nur noch ganz leise sprechen kann, horche ich immer auf das Klingeln der Glocke, die ich ihm an den so genannten Bettgalgen gehängt habe.

Es ist schwierig für einen inkomplett gelähmten Menschen, seine Befindlichkeit zu beschreiben. Im Gegensatz zu einem komplett Gelähmten, bei dem es kein konkretes Gefühl, also auch keinen direkten Schmerz in den gelähmten Körperteilen gibt, erlebt der inkomplett Gelähmte die ganze breite Palette der körperlicher Empfindungen, vom leichten Wärmegefühl bis zum fiesesten Krampf, vielleicht sogar stärker, weil die Wahrnehmung eine extrem andere Qualität hat. Ich kann das alles nur ahnen und darf trotzdem kein Mitleid zeigen. Oder? Oh, er klingelt.

„Liebling, wie wär's mit'm Hit?"

Er zwinkert mir verschwörerisch zu, der alte Schlawiner.

Damals ...

Nun war mein Vater allein und obwohl wir alles taten, um ihm das Leben so angenehm wie möglich zu machen, litt er sehr unter der Einsamkeit. Morgens kam er allein klar, er wollte das so, es dauerte Stunden, bis er am Frühstückstisch saß, den ich ihm am Abend vorher gedeckt hatte. Dann las er die Zeitung auf der Terrasse in der Sonne, bis ich kam, um aufzuräumen und das Mittagessen mit ihm zu besprechen.

Gott sei Dank aß auch er keine Tiere, und war sowieso ziemlich anspruchslos, was die Nahrungsaufnahme betraf. Brat mir einfach eine Scheibe Brot in der Pfanne, das reicht mir schon.

Allerdings bestand er auf die gewohnten Rituale, die seinen Tagesablauf strukturierten, wie zum Beispiel, das Mittagessen pünktlich um dreizehn Uhr einzunehmen. Nach dem Essen pflegte er ein Nickerchen zu machen, und ich fuhr erstmal nach Hause. Ein Stück Kuchen und die Thermoskanne mit Kaffee hatte ich ihm schon hingestellt, aber er hoffte immer, dass ich beim Kaffeetrinken mit von der Partie sein würde. Das war auch meistens der Fall, Jörg und ich versuchten, ihm so oft es ging Gesellschaft zu leisten. Die sozialen Kontakte wurden ohnehin immer spärlicher und beschränkten sich eigentlich nur noch auf die Chorkumpels und gelegentliche Arztbesuche.

Immerhin kam einmal die Woche Theresa, eine Putzfrau, die noch meine Mutter nach strengsten Kriterien ausgesucht hatte: Pünktlich, fleißig, nett gekleidet, gut gelaunt und nicht zu jung sollte sie sein, weil die jungen Dinger von heute ja gar nicht mehr wüssten, wie ein ordentlicher Haushalt auszusehen hätte.

Theresa kam immer mittwochnachmittags. Bevor sie kam, ging ich noch schnell mit dem Lappen über die glatten Oberflächen und saugte einmal durch, schließlich sollte sie ja nicht denken, hier ginge es zu wie bei Hempels ... Dann lief ich los, um Kuchen zu kaufen, setzte Kaffee auf und deckte den Kaffeetisch. Mein Vater und sie saßen dann erstmal gemütlich bei Kaffee und Kuchen in der Küche und besprachen die großen politischen Themen. Kurz bevor ihre zweistündige Arbeitszeit um war, rief sie erschrocken: Oh mein Gott, jetzt muss ich aber mal ran! Griff sich irgendein Putzutensil und fing an, hektisch und lärmend durch die Räume zu irrwischen.

Ich fand das klasse, schließlich musste mein Vater auch mal einen anderen Gesprächspartner haben, nicht immer nur mich. Er war es auch zufrieden, und nachdem Theresa dann gegangen war, rollte er ins Wohnzimmer und fragte aufgeräumt: Na, Anke, wie wär's mit'm kleinen Spielchen?

Ich holte das Rummycupspiel und kurze Zeit später hatte ich auch schon auf ganzer Linie verloren. Mein Vater lächelte milde. Wenn Jörg dann kam, um mich abzuholen, wurden noch ein paar Jungsthemen abgehandelt, Sport und so. Danach setzte Vati sich an seine Zither und die Welt war bei Heidschibumbeidschi und Ännchen von Tharau wieder so, wie sie seiner Meinung nach sein sollte.

Abends saßen wir dann noch ein wenig mit ihm vor dem Fernseher, obwohl der Musikantenstadl nicht gerade unsere Lieblingssendung war, und versuchten, nicht ungeduldig zu wirken.

Nachdem alle Bonbons aufgegessen waren und Vatis Kopf immer wieder schläfrig auf seine Brust fiel, war unser Tagwerk getan. Wir halfen ihm noch bei den abendlichen Verrichtungen und fuhren nach Hause, wo wir dann endlich die Sau rausließen. Mit lauter Rock'n'Roll-Musik, bisschen Wein und einem fetten Joint.

So langsam kriegten Jörgs Hummeln im Hintern wieder die Oberhand und er wollte unbedingt nach Ägypten. In der New York Times hatte er nämlich einen Artikel über seinen alten Kumpel Günter gelesen, mit dem gemeinsam er als Teenie ein paar pubertäre Jahre im Internat in Bederkesa durchlitten hatte. Günter war inzwischen Professor Doktor, Chef am Deutschen Archäologischen Institut in Kairo und hatte grade den Ursprung der Schrift in Abydos, einer kleinen Ausgrabungsstätte weiter südlich am Nil entdeckt. Jörg wollte unbedingt vor Ort mit ihm Kontakt aufnehmen und so flogen wir pauschal nach Ägypten. Eine Woche relaxen am Pool in Hurgada, dann hatten wir Günter aufgespürt und Jörg rief ihn an.

Er hatte eine Grabung in Abydos und war überglücklich, nach so vielen Jahren von Jörg zu hören. Mensch, alter Schwede, nimm dir'n Taxi und komm sofort her, lass dir aber nicht mehr als vierhundert Ditscher abknöpfen, ich seh dich dann heute Abend hier, mon cher, Habibi, Inshallah!

Eskortiert von Militärs, in Ägypten darf man aus Angst vor Überfällen nicht auf eigene Faust reisen, machten wir uns mit Hosni und seinem klapprigen

Taxi auf den Weg durch gewundene Schluchten, an gefährlichen Abhängen vorbei, rundherum Feindesland. Über unseren Köpfen türmten sich kunstvoll aufgestapelte Geröllpyramiden, da brauchte nur mal jemand gegen zu pusten und wir würden alle auf ewig in der Wüste bleiben. Noch nie hab ich das Militär so geliebt ...

Gegen Abend erreichten wir tatsächlich Bet El Almani, das Deutsche Haus in Abydos. Die beiden Freunde hatten sich bei etlichen Flaschen Stella 'ne Menge zu erzählen und wurden in null Komma nichts wieder zu unverwundbaren Halbstarken. Weißt du noch, damals, die Doris, die mit den großen Möpsen, in die wir alle verknallt waren, die hab ich später noch mal getroffen, kannste vergessen ... Und wie wir immer versuchten, uns mit Bananenschalen anzutörnen und dann nachts aus dem Fenster raus in die Disco?

Es wurde spät an diesem Abend und Nute, die ägyptische Göttin des Himmels, hatte schon längst die Sonne verschluckt, als wir im schlichten Gästezimmer in die Betten fielen. Es folgte eine Woche voller Wüste, Grabkammerbesichtigungen und Scherben, Scherben, Scherben, die von einheimischen Tagelöhnern mit Hilfe großer Siebe aus dem Sand gefiltert, von Günter gebührend bestaunt und interpretiert und von seinen ägyptischen Mitarbeitern sorgsam beschriftet und peinlich genau katalogisiert wurden. Hosni kam und brachte uns wieder zurück nach Hurgada, wo wir es dann grade noch zum Flieger schafften.

Nach der Kür kam wieder die Pflicht, Barbara hatte auch schon wieder Sehnsucht nach der kleinen Vogelinsel und ihrem Betreuer. Mein Vater lauschte andächtig unseren bizarren Erzählungen, zu gern wäre er auch ein Abenteurer wie Jörg geworden, aber schon seit Kindertagen hatte er ein steifes Bein und da hat es halt nur für das Rechnungswesen bei Siemens gereicht.

Hier und jetzt im Sommer ...

Die Tage werden jetzt immer länger und mein Liebster wird immer weniger. Während seines letzten Krankenhausaufenthaltes hat er sich einen multiresistenten Keim eingefangen, der kann jetzt nur noch intravenös behandelt werden, aber das ist heutzutage wohl nichts Besonderes. Jörgs Immunsystem ist auf Grund der Lähmung sowieso ziemlich im Keller.

Ich habe schon vor ein paar Tagen auf Anraten der Ärzte Kontakt mit einem Palliativteam aufgenommen, weil Jörg auf gar keinen Fall und unter keinen Umständen noch mal ins Krankenhaus will, was ich nur zu gut verstehen kann. Nun muss morgens und abends ein speziell dafür ausgebildeter Pfleger kommen, um ihn mit der Antibiose zu versorgen. Jörg nimmt alles gelassen hin und ist nur manchmal genervt, wenn sich die Suche nach einer geeigneten Vene allzu schmerzhaft gestaltete. Seine Hände und Unterarme sind blutunterlaufen, weil er keine Faust machen kann und die Kanüle oft genug im Unterhautgewebe rumwühlt und die dünnwandigen Venen durchsticht. Er tut mir so leid.

Ich baue den Laptoptisch über seiner Bettdecke auf, er möchte seine E-Mails checken. Gott sei Dank sind ein paar neue Eingänge da und er strahlt.

„Jim hat geschrieben, Liebling, können wir gleich antworten?"

Und schon diktiert er mir eine kleine Liebeserklärung an seinen alten Kumpel James Rado. Gestern habe ich die Fangemeinde in aller Welt gebeten, ihm E-Mails und Bilder zu schicken, weil ich glaube, dass ihn das gehörig aufmuntern wird. Es ist ernst, ich glaube nicht, dass er diesen Sommer überleben wird.

Erstmal gibt's 'n ordentlichen Hit und einen großen Schluck Fresubin, zu dem ich ihn überreden muss. Fresubin ist ein hochkalorisches Getränk, das ihn mit allen wichtigen essentiellen Substanzen wie Spurenelementen, Vitaminen, Fetten, Eiweißen und besonders Kohlenhydraten versorgen soll. Die Spasmen rauben ihm eine Menge Energie und eigentlich sollte er 2000 Kilokalorien täglich zu sich nehmen, aber nicht selten kommen wir noch nicht mal auf 1000 Kilokalorien.

Jetzt ist es auch schon wieder Zeit, zu katheterisieren. Rasieren müsste ich ihn auch mal wieder ... Abgeführt haben wir gestern, das ist dann morgen wieder dran. Aber Jörgs Fingernägel könnten mal einen Rückschnitt vertragen. Ich hole zwei Schüsseln mit warmer Seifenlauge, für jede Hand eine, damit die Nägel weich werden und die Prozedur nicht so quälend ist.

So vergeht der Vormittag, untermalt von CNN, dem allgegenwärtigen amerikanischen Nachrichtensender, der unser Leben tagsüber bereichert.

Jörg weiß über alles, was in der Welt passiert, genau Bescheid und wir sind uns einig, dass alles nur besser werden kann. Ich bin mir manchmal nicht sicher, wie die Geschehnisse auf unserem Globus zu verstehen sind und lasse mir von Jörg die Zusammenhänge erklären.

Ich denke oft, dass die Menschheit eine Entgleisung der Evolution sein muss. Unser hochentwickeltes Gehirn hilft uns heute, Probleme mehr schlecht als recht zu bewältigen, die wir ohne dieses Organ gar nicht ausgeklügelt hätten. Und das alles nur, weil wir damals angefangen haben, Fleisch zu essen und unser Gehirn daraufhin dermaßen explosionsartig aus allen Fugen geraten ist, wie es auch kein Schöpfer hätte voraussehen können ...

Meine Meinung. Und Jörgis auch.

Ich muss mal eben kurz einkaufen fahren und bitte meinen Schwager Reiner, solange bei Jörg zu bleiben. Er kann sich nicht allein was zu trinken nehmen und braucht immer jemanden, der ihm den Strohhalm an den Mund führt.

„Ich bin gleich wieder da", sage ich und küsse meinen Liebsten.

„Ich freu' mich schon, bringst du mir ein paar Sterne mit? Haben wir eigentlich noch'n Doobie? Gib mir erstmal noch 'n Zug, ja?"

Gesagt, getan.

Schweren Herzens quäle ich mich zurück in mein Pragma. Fahre zu Aldi, die Sterne muss ich später besorgen, das dauert sonst alles zu lange.

Damals ...

Meinen Vater hielt es nach dem Tod meiner Mutter nur noch ein gutes Jahr in dieser Dimension. Er fühlte sich schwach, blieb ein paar Tage im Bett und starb. Ich fand ihn ganz allein. Weinend öffnete ich die Fenster, um seiner Seele mehr Freiheit zu geben. Dann rief ich Jörg und Doktor Weiss, unseren Hausarzt, an, die beide unverzüglich kamen. Vati bekam seinen Totenschein und ich eine Valiumspritze, Anke, du musst jetzt funktionieren, heulen kannst du später ... Dann fing ich an, meinen Vater auszuziehen, um ihn zu waschen. Ich entfernte das Urinal und wickelte die Bandagen von seinen Beinen, die er seit einiger Zeit wegen der Thrombosegefahr tragen musste.

Ich hatte Barbara schon vorher telefonisch signalisiert, dass es ihm schlecht ginge und sie wusste intuitiv, was ich noch lange nicht wahr haben wollte. Sie machte sich sofort auf den Weg, schaffte es aber nicht mehr, ihn lebend anzutreffen. Wir fielen uns schluchzend in die Arme, kleideten ihn an, weißes Hemd, schwarze Hose und Chorjackett, und pflückten Blumen im Garten, die wir ihm in die gefalteten Hände legten.

Ich war wie erschlagen und fühlte mich plötzlich komplett vom Leben abgeschnitten. Der Faden in die Vergangenheit war gekappt, kein Kind wies mir in die Zukunft. Von nun an war ich allein, eine Waise.

Ich fand immer, dass Frauen die besseren Tröster sind, aber seitdem mein Jörg mich in diesen Stunden aus der Verzweifelung gehoben hat, weiß ich es besser.

Später kam Marcus, Barbaras Sohn, er beherrscht die Kunst, immer das Angemessene zu tun, oder es zumindest so aussehen zu lassen als ob. Wie die Roboter befolgten wir seine Anweisungen, riefen den Bestatter an, entzündeten Kerzen, aßen auch mal was und listeten alle Freunde, Verwandte und Kollegen auf, für die Trauerpost. In der Nacht wechselten wir uns bei der Totenwache ab und beteten ein Vaterunser nach dem anderen, das einzige Gebet, das wir kannten. Am nächsten Tag kam Reiner von Memmert und wir setzten uns alle zusammen, um mit Erwin, dem Bestatter und alten Freund der Familie, den weiteren Ablauf der Bestattungsprozedur zu besprechen.

Es gab eine gigantische Totenfeier in der Niendorfer Kapelle, der Siemenschor der Ehemaligen sang berührende Lieder und Erwin sprach eine zu Herzen gehende Rede. Später wurde Vatis Asche in einem kleinen Urnengrab neben meiner Mutter beerdigt. Seine winzige Mundharmonika, auf der er so ergreifend schöne Lieder zu spielen pflegte, gaben wir ihm mit auf den Weg.

Langsam fanden wir in unser Leben zurück, alles musste neu geordnet werden und ich hatte plötzlich viel zu viel Zeit.

Dass Jörg und ich nur noch ein knappes Jahr unbeschwerter Daseinsfreude erleben würden, wussten wir nicht. Aber das war auch gut so, denn es kündigten sich schon neue Ereignisse an.

Durch meine Arbeit für die Vegetarische Initiative e.V., bei der es eigentlich immer nur um den Schutz der Tiere ging, hatte ich natürlich auch immer Kontakt zu Tierschutz- und Befreiungsorganisationen.

Nun ging es um ein halbwüchsiges Hängebauchschweinmädchen, das dringend aus einer Wohnung geholt werden musste, weil der Hausbesitzer von dem tierischen Untermieter erfahren hatte und mit Rausschmiss drohte. Wohin mit dem Tier? Natürlich zu uns, ich würde mich um eine neue Bleibe für Josie kümmern.

Josie lag gern auf einem großen Kissen mitten im Wohnzimmer und hatte die Kontrolle. Sie aß auch gern Schokolade, was sie aber eigentlich nicht durfte. Sie war sowieso sehr verwöhnt, weil sie seit dem Babyalter nicht mehr mit Artgenossen zusammen gewesen war. Menschen meinen es zwar oft gut mit Tieren, haben aber unterschwellig doch meistens nur ihr eigenes Wohl und ihren eigenen Spaß im Sinn. Nach zwei aufregenden Wochen voller umgestoßener Blumentöpfe, angefressener Möbel und grunzender Dreisamkeit hatte ich ein schönes neues Zuhause für sie gefunden.

Herr Blumstiel hatte in seinem kleinen Privatzoo noch zwei weitere Hängebauchschweine in einem artgerechten Koben und wir ließen Josie in seiner Obhut. Wir besuchten sie ein paar Mal und konnten uns versichern, dass sie jetzt ein angemessenes Schweineleben führte.

Jörg hatte inzwischen seine Fabriketage in New York auf Druck des Landlords an einen betuchten Investor verkauft und seinen ganzen Krempel in einem Storage unter der Brooklyn Bridge deponiert, erstmal.

Eigentlich hielt uns nach dem Tod meines Vaters nichts mehr in Hamburg und wir überlegten, ob wir aufs Land ziehen sollten.

Es hatte nämlich auch sein Gutes, dass ich jetzt keine Verpflichtungen mehr hatte, außer mir selbst gegenüber natürlich. Wir hatten uns ein paar Objekte in Mecklenburg und Brandenburg aus dem Internet rausgesucht und starteten immer mal 'n Trip nach Osten, um uns romantisch verfallene Bauernhäuser, längst verlassene Bahnhofsgebäude oder andere marode Liegenschaften anzusehen. Eile war geboten, denn Jörg rann das Geld, das er für sein geliebtes Domizil in NYC bekommen hatte, wie nix durch seine talentierten Künstlerhände.

Ein letztes Mal fuhren wir nach Memmert, der kleinen Vogelinsel, die schon bald ohne Barbara und Reiner den Kampf ums Überleben aufnehmen müssen würde. Der Insel und vor allem den Vögeln zuliebe würden die beiden nach Reiners Pensionierung Memmert verlassen. Nur dann würde die Stelle des Vogelwarts und Inselvoigts vom Nationalparkamt neu ausgeschrieben werden.

Hat aber alles nichts genützt – es ist eine Halbjahresstelle draus geworden, im Winter würde die Insel bald ohne menschlichen Beistand den erbarmungslosen Stürmen trotzen müssen, die Plastikmüllberge würden immer größer werden und die Dünen immer kleiner ... Die Einheimischen würden wieder Schießübungen auf Reiners geliebte wilde Kaninchen veranstalten und alles würde über kurz oder lang den sprichwörtlichen Bach runtergehen. Armer Reiner, es zerreißt ihm das Herz.

Aber zurück ins Hier und Jetzt ...

Gerade ist Micha gekommen, der sentimentalste Haudegen, den ich kenne. Er ist extra aus Berlin gekommen, um seinem Freund was Schönes zu kochen, und um die Nachtwache zu übernehmen. Ich möchte mit Barbara heute zur Fusion fahren, dort im Auto übernachten und morgen Mittag erst wiederkommen.

Die Fusion ist ein Festival, das mein Neffe Marcus vor über fünfzehn Jahren mit einem Kumpel zusammen ins Leben gerufen hat. Es findet alljährlich auf einem ehemaligen russischen Flugplatz mit elf Hangars statt und hat inzwischen Dimensionen angenommen, die sich damals keiner hätte träumen lassen. Um die sechzigtausend Leute strömen jedes Jahr am letzten Juniwochenende für drei unbeschwerte Tage an der Müritz zusammen, um dem Freizeitkommunismus zu frönen. Alles ziemlich unkommerziell und ganz ohne vorherige Werbung.

Unüberschaubar viele Lifeacts, supergute Musikgruppen aller Stilrichtungen, Filme, Theater – und Varietevorstellungen und allerlei Happenings finden in Hangars und riesigen Zelten statt und, für uns außerordentlich wichtig, das Essenangebot ist völlig fleischfrei, zum großen Teil sogar vegan.

Früher sind Jörg und ich gemeinsam hingefahren.

„Klar, Süße, du musst doch auch mal was Schönes machen! Aber ick vamiss da jetz schon! Grüß mir alle und komm bald wieder. Wir lassen hier solange die Puppen tanzen, wa, Micha?"

Er lächelt mich an und ich schmelze dahin. Am liebsten würde ich alles abblasen.

„Ich bring dir 'ne schicke Purpfeife mit, dann können wir mal den Tabak weglassen, ok?", tröste ich ihn.

Und was sagt er?

„Gib mir erstmal 'n Hit!"

Er war, ist und bleibt eben 'n alter Pothead ...

Und mein Herzblatt.

Micha ist etwas ratlos, weil Jörg sich gar nichts Schönes zu essen wünscht, da wird sein Jörgisitting sich wohl auf Cannabisverabreichung und Fresubinangebote beschränken, und natürlich die Tablettenausgabe. Vier mal täglich Tabletten gegen Schmerzen, Übelkeit, Verkrampfung der Skelettmuskulatur, Depressionen, viele bunte Smarties, wie Vera immer sagt. Zwischendurch die Darmsanierungstropfen, die homöopatischen Globuli als Konstitutionsmittel und morgens und abends die THC Tropfen, die der Hausarzt nach langem Zögern nun doch verschrieben hat. Vielleicht hat Jörg damit nicht mehr ein so großes Rauchverlangen. Aber da bin ich skeptisch.

Wir führen noch einmal ab, lassen die Luft raus und ich lege ihm einen Dauerkatheter, der dann drin bleibt, bis ich wiederkomme.

Wir sehen uns tief in die Augen und ich kraule ihm noch ein wenig das Haar, das hat er so gerne. Zwischen uns ist alles licht und klar.

Damals ...

Ich bezog Hartz IV und war ziemlich oft krankge-
schrieben, die Arthrose in den Daumen war kaum zu
bändigen, deshalb hatte die Krankenkasse mir eine
psychosomatische Kur verpasst. In Bad Salz-uff!-len.
Man hielt mich für depressiv und ich ließ das Bild
schief hängen.

Vier Wochen Sport, psychologische Gespräche,
Specksteinschnitzen, Rheumabad, HWS-Schulter-
gruppe, Ernährungs- und Schlafstörungsvorträge und
Atemgruppe.

Du musst loslassen, Anke, atme mal ganz tief in
den Bauch hinein – und pffffffffff durch den Mund wieder ausatmen. Sehr schön. Bitte zwanzig Mal, ich bin
gleich wieder da.

Wie gesagt, ich mach ja immer alles mit.

Aber sobald morgens das kleine Schwimmbad
öffnete, war ich vor Ort und schwamm immer hin und
her, bis mir schwarz vor Augen wurde. Natürlich erst
nach dem Kneippschen Wassertreten, wozu sich die
Insassen ab halb sieben im Kellergeschoss versam-
melten. Das war Pflicht und musste gegengezeichnet
werden.

Zum Frühstück gab es siebenundzwanzig Wurst-
sorten und ich wurde wie üblich misstrauisch beäugt,
während ich mir eine Scheibe Schwarzbrot mit Mar-
garine beschmierte und mit der Petersiliendekoration
belegte. Es ist nicht schön, interessanter Außenseiter
zu sein, während man am liebsten gar nicht da wäre ...

Es war auch spannend, zu beobachten, wie sich Kurschattenkonstellationen bildeten und rundherum auf Deubel komm raus geflirtet wurde. Mein Highlight war der tägliche Anruf von Jörg. Wir quatschten dann stundenlang über unsere Luftschlösser und liebten uns sehr.

Viele der Psychosomaten waren derart parterre, dass man befürchten musste, dass selbst die Verlängerung der Kur nix bringen würde, Atemtherapie hin oder her. Vielleicht sollten alle erstmal aufhören, Fleisch zu essen, als ersten Schritt zur Heilung. (Ha ha, ham wir gelacht ...)

Na, egal, nach vier Wochen wurde ich ohne die empfohlene Verlängerung in die Freiheit entlassen, Anke, du musst aber noch an dir arbeiten, und immer schön in den Bauch atmen. Jörg holte mich ab und ich war so glücklich, ihn zu sehen, wir sangen und tanzten völlig außer Rand und Band in der Lobby, dann schwelgten wir in einem langen Zungenkuss und fuhren nach Hause.

Wir flogen für eine Woche zu Cousin Udo nach Teneriffa, schließlich musste ich mich von der Kur erstmal erholen, und nachdem wir auf der Insel noch mal alles abgeklappert hatten, fühlte ich mich fit fürs Arbeitsamt. Ich machte mir aber keine großen Hoffnungen: Als hervorragende, aber nach herkömmlichen Vorstellungen unqualifizierte Positivretuscheurin hatte ich so gut wie gar nichts auf dem Arbeitsmarkt verloren ...

Jörg hatte inzwischen über seinen alten Freund Jochen bei einer Berliner Firma einen Job als Mediengestalter bekommen. Vieles sollte sich per Computer und E-mail abwickeln lassen, so dass er nur selten nach Berlin würde fahren müssen, um die Aufträge zu besprechen. Das tat er sowieso manchmal und natürlich nutzte er diese Aufenthalte auch dazu, sich mit seinem alten Kumpel Micha mal wieder ordentlich die Kante zu geben ...

Zuhause verhielt er sich alkoholtechnisch relativ unauffällig, nur das Dope war allgegenwärtig und ich hatte ihn gebeten, nur in seinem Studio seinem Hobby zu frönen. Ich bemerkte an mir eine gewisse Unduldsamkeit, diesbezüglich. Wenn schon der Postbote sagt: Oh, hier riecht es aber lecker, dann könnte es gefährlich werden in der Illegalität ...

Berlin war wieder mal angesagt und ich muss gestehen, dass ich mich teilweise freute, mal wieder ein paar Tage ohne Marihuanaschwaden nur mit mir allein zu verbringen. Am Tag vor Jörgs Abreise redeten wir ein bisschen über unsere kleinen Differenzen und versprachen uns, darüber aber nie unsere Basis, die tiefe Liebe, zu vergessen. Wir waren ja alt genug, um zu wissen, dass wir einander nicht verändern würden können und wollen, das müsste schon jeder selber für sich und damit auch für den anderen tun.

Der Tag war herrlich, es war der dritte Mai 2003 – juchhei, und wir spielten ein paar Partien Rummycup auf unserem idyllischen Balkon. Komm doch mit nach Berlin, sagte er, Veronika und Jochen freuen sich bestimmt, dich mal wieder zu sehen, ich hab nämlich eigentlich gar keine Lust, allein zu fahren, du fehlst mir jetzt schon, mein Engel, und ich war wieder mal hinaber auch hergerissen. In dieser Nacht kamen wir uns so nah, wie lange nicht mehr und unsere innige Verschmelzung erinnerte mich wieder daran, was wirklich wichtig ist im Leben, nämlich die Liebe, und die ist nun mal unteilbar. Entweder man liebt, und zwar alles und immer, oder eben nicht. Naja, zumindest kann man sich bemühen ...

Hingebungsvoll besiegelten wir unseren tiefen Liebesschwur ein letztes Mal, was wir damals aber noch nicht wussten.

Am nächsten Tag ließ ich ihn verliebt allein nach Berlin fahren, ich machte schon längst nicht mehr alles mit. Aber ob das gut war?

✳

Der Anruf kam um Null Uhr dreißig.

Ich rappelte mich hoch und stolperte zum Telefon. Ein weinender, betrunkener Micha stotterte mir eine verworrene Geschichte ins Ohr. Von Schluchzern geschüttelt versuchte er, mir unzusammenhängend ein anscheinend großes tragisches Ereignis zu schildern. Jörgi ist eine Treppe runtergefallen, stammelte er, die haben ihn mitgenommen, ich weiß gar nicht, wo er jetzt ist, es tut mir so leid, ich kann nicht mehr, ruf mal Jochen an. Jochen war nicht erreichbar und ich quasselte ihm die ganze Mailbox voll.

Um sieben Uhr rief er mich zurück, sagte, er hätte sich schon auf die Suche nach Jörg gemacht, ihn endlich in der Charité aufgespürt und sei jetzt mit Veronika, seiner Frau, auf dem Weg dorthin. Sobald er sich ein Bild gemacht hätte, würde er mich wieder anrufen, ich sollte mir erstmal keine Sorgen machen.

Das funktionierte aber gar nicht. Ich fing erst mal ein bisschen an zu zittern, ein kaltes Gefühl flimmerte meinen Rücken hoch und krallte sich in meinem Nacken fest wie ein zu Tode gehetzter tasmanischer Teufel. Ich spürte genau, da war was total schiefgelaufen. Jochen rief nach einer Stunde wieder an und meinte nur, es wäre gut, wenn ich, so schnell es ginge, nach Berlin kommen würde. Betäubt.

Ich ging in den Garten, räumte die Stühle zusammen und wusste genau, ich würde eine Weile wegbleiben. Ich setzte mich in unseren Kangoo und fuhr los. Während der Fahrt ließ ich mich von Miles Davis fachmännisch trösten und versuchte, mir nicht allzu minutiös vorzustellen, was mich in Berlin erwarten würde. Eine gehörige Dosis Pasconal, rein homöopathisch natürlich, sorgte dafür, dass sich meine Aufregung in Grenzen hielt.

In Berlin angekommen, fuhr ich erstmal zu Jochen. Er hatte mir den Weg durch den Berliner Dschungel detailliert geschildert. In der Küche warteten schon Jörgs Schwester Ruth, Jochen und Veronika. Wir wollten gemeinsam zum Krankenhaus fahren.

Ich kann eigentlich nicht beschreiben, was in mir vorging, als ich das Zimmer der Intensivstation betrat. In Zeitlupe stahl ich mich an das Krankenbett und starrte entgeistert auf das, was sich mir darbot.

Wie ein Fragment aus einem zerrissenen Film sah ich Jörgs zertrümmertes Gesicht, in allen Farben schimmernd und monströs verschwollen, das voluminöse kragenähnliche Gebilde um seinen Hals, die beiden Schläuche, die in den Nasenlöchern steckten und die eingegipste Nase, rundherum eine Armada von Kabeln und piependen Monitoren.

Oh, goddamned shit, alle heulenden Höllenhunde geiferten mich mit gefletschten Zähnen an, bereit, mich vollständig zu zerfleischen und nichts mehr übrig zu lassen.

Ich wollte mich in meinem Liebsten verkriechen, mit ihm Eins sein, meine Liebe schützend über ihn werfen, ihn von allen bösen Dämonen befreien, meine Finger tröstend und heilend auf alle seine Wunden legen, bis er aufstehen würde, um mit mir nach Hause zu gehen.

Das war einfach too much.

Ground Zero.

Mit weichen Knien beugte ich mich über meinen Schatz, küsste jeden Zentimeter seines geschundenen Gesichts, sah in seine blutunterlaufenen Augen und hörte ihn sagen, Liebling, ich wusste gar nicht, wie schön das Leben ist, det is ja wie ne zweite Jeburt, und er verzog den Mund zu einem schwachen Lächelversuch. Muss höllisch weh getan haben.

Ich stand da wie zugeschnürt, nahm vorsichtig seine gefühllose Hand und stammelte so was wie alles wird gut, mein Schatz, während ich mich fast an den bitteren Tränen, die vollkommen parasympathikusgesteuert in mir hochstiegen, verschluckte.

Joch- und Nasenbeinbruch, Stirnhöhle und überhaupt alle Nebenhöhlen total zersplittert, irgendwas Fieses, Gequetschtes mit Schwellung zwischen drittem und viertem Halswirbel. Diagnose: Querschnittlähmung, schlimmer noch, Tetraplegie. Das bedeutet, alle Extremitäten, Magen-Darmtrakt, Uro-Genitaltrakt und überhaupt alles unterhalb des Kopfes ist eher mehr als weniger gelähmt.

Ich weigerte mich, mir vorzustellen, was das für unser Leben bedeutete, und schwor mir, meine Energie nicht in fatalistischer Ergebenheit versickern zu lassen. Ich würde kämpfen. Zur Not für uns beide.

Der Doktor sagte lapidar, man müsse abwarten, da könne sich noch 'ne Menge tun. Sie hatten ihn stundenlang operiert, nun lag er bewegungslos da, meine Scheißohnmacht gab mir echt den Rest. Ich pulte das letzte bisschen Normalität aus meiner Seele, versprach ihm, dass ich von nun an immer um ihn rum sein würde und wartete, bis seine geschwollenen Lider sich schlossen und er in einem komatösen Schlummer versank. Ich torkelte aus dem Zimmer und brach erst auf dem Flur zusammen.

Was war geschehen?

Rekonstruktion: Jörg und Micha hatten abends noch gemeinsam computert und sind dann noch mal um die Ecken gezogen, blöderweise landeten sie irgendwann schon ziemlich knülle im Café Klatsch, um im Oberstübchen noch einen durchzuziehen und an der Bar noch einen Absacker zu nehmen. Als Jörg die paar Stufen zum Klo runtergehen wollte, trat er wohl auf seinen Schnürsenkel, stolperte, landete kopfüber auf dem schmuddeligen Steinfußboden , schlitterte mit dem Kopf gegen die Kellertür und blieb blutend und bewusstlos liegen.

Gedächtnisprotokoll Roland Meyer

In der Nacht vom 4. auf den 5. Mai 2003 war
ich Gast im Café Klatsch, als in meiner
unmittelbaren Nähe der folgende Unfall
passierte: Ein mir nicht bekannter Gast
strauchelte auf den Stufen zwischen den
Geschäftsräumen, fiel kopfüber auf den Boden
und rutschte langgestreckt, den Kopf voran,
auf die Kellertür zu, an deren linker Seite
er mit dem Kopf heftig anstieß. Der Gast
blieb regungslos liegen und blutete aus Mund
oder Nase. Die Bedienung, Annerose, rief
sofort die Feuerwehr und bezeichnete den
Fall als dringend. Nach geschätzten 5 Minuten
kam das erste Rettungsteam, wenige Minuten
später das zweite mit dem größeren Wagen.
Einer der Sanitäter des ersten Teams sagte:
„Der ist ja voll wie'n Uhu", schickte den
zweiten Rettungswagen wieder weg und sagte
sinngemäß, sie würden das alleine machen,
liegender Transport wäre nicht erforderlich,
sie nähmen einen Stuhl. Der Verunfallte wurde
von zwei Männern wenig zimperlich in den
Stuhl gehievt, wobei sein Kopf heftig hin
und her pendelte. Von einer Fixierung des
Kopfes habe ich nichts bemerkt. Die Bergung
wurde meines Erachtens so vorgenommen, wie
man vielleicht mit einem Sturzbetrunkenen
aber sonst Gesunden umgehen mag, aber nicht
mit der Sorgfalt, die einem Schwerverletzten
anzugedeihen wäre. Das zweite Team hatte ja
liegenden Transport angeboten und dass der
sich als „Reiseleiter" bezeichnende Sanitäter

dies abgelehnt hatte, empfinde ich als völlig unverständlich und macht mich sehr besorgt und sogar wütend.

Roland Meyer, Berlin, den 7.5.2003

Sofort verklagen, war mein erster Gedanke. Okay, Jörg war wirklich etwas daneben gewesen, das war aber noch lange kein Grund, ihn so rüde zu behandeln. Motherfuckers!

Wahrscheinlich hatte diese Horrorfahrt im sogenannten Rettungswagen ihm den Rest gegeben. In mir zog sich alles zu einem mehrdimensionalen Klumpen aus reinem Grauen zusammen.

Der Anwalt sagte später, eingeräumtes fehlerhaftes Verhalten wäre allein nicht strafbar und er würde von einer Anzeige abraten.

Fürs Erste würde ich mich wohl in Jochens Gästezimmer häuslich niederlassen müssen. Er richtete mir einen eigenen Telefonanschluss ein und die Katastropheneinsatzzentrale war perfekt. Ich fing sofort an zu funktionieren und rief als Erstes Barbara auf Memmert an, sie versprach, sobald wie möglich zu kommen. Dann informierte ich Jörgs Familie, seine Ex und alle seine Freunde nah und fern, holte mir eine Dauerkarte für die U-Bahn und fuhr zur Charité.

Zunächst machten uns die Ärzte Hoffnung, dass sich Jörgs Zustand durchaus verbessern könne, es wurden jede Menge Tests gemacht, um festzustellen, inwieweit die Nerven noch funktionierten, immerhin konnte er seinen linken großen Zeh ein kleines bisschen bewegen. Man musste aber ganz genau hinschauen, um es wirklich zu bemerken. Ansonsten konnte er eigentlich gar nichts. Seine Arme lagen neben ihm wie Fremdkörper, die heißen geschwollenen Hände waren so empfindlich, dass man sie nicht berühren durfte. Vorsichtig legte ich kalte Lappen drauf, um die brennenden Schmerzen zu lindern. Die Operation hatte acht Stunden gedauert und wir bekamen endlich die genaue Diagnose: Kontusion des Rückenmarks zwischen drittem und viertem Halswirbel bei bestehender Spinalkanalstenose. Man hatte die Ablagerungen entfernt, einen Knochenspan aus dem rechten Hüftknochen entnommen und zur Stabilisierung in die Halswirbelsäule eingesetzt und jetzt hieß es, abwarten. Trinken durfte Jörg jetzt noch immer nichts. Die Schwester gab mir nasse Wattebäusche mit Zitronengeschmack, damit sollte ich Jörgs Mund benetzen, um den unbändigen Durst ein wenig zu löschen, aber das half nicht viel.

Tagelang wachte ich an seinem Bett und beobachtete die Monitore, die immer sofort anzeigten, wenn der Blutdruck oder der Sauerstoff im Blut anstieg beziehungsweise abfiel. Jörg war immer noch ziemlich benommen, aber er genoss es, dass ich bei ihm war, ihm vorlas und seine Hände kühlte. Ich verabreichte ihm die Tabletten, putzte ihm die Zähne, rasierte ihn und sah ihm beim Schlummern zu. Mein Herz wollte zerspringen vor lauter Liebe.

Die Schwestern waren dankbar, dass ich mich um ihn kümmerte, hatten sie doch mit den anderen Intensivpatienten schon mehr als genug zu tun.

Hier und jetzt ...

Gut gelaunt fahren Barbara und ich los, um mal wieder richtig abzurocken und alte Freunde und, vor allem, die Family zu treffen.

Auf dem Fusionsgelände ist schon die Hölle los, obwohl das Festival erst morgen anfängt. Glücklicherweise ist für unser Auto ein Platz im Backstagebereich reserviert worden, sodass wir nicht direkt im Getümmel parken müssen. Endlich sind die Familienbande mal für was gut ...

Marcus, seine Frau Nikola und die beiden Kleinen sitzen fröhlich spielend unter einem Walnussbaum und haben uns schon erwartet. Wir freuen uns alle, uns mal wieder in die Arme schließen zu können, dann wird Marcus auch schon angefunkt, um irgendwo nach dem Rechten zu sehen, Er ist als Organisator des Ganzen extrem gefordert und gefragt, immer und überall.

Die Luft vibriert, ein übergeordneter Rhythmus bestimmt die Atmosphäre und der Beat ist überall spürbar, sogar in den eigenen Knochen. Die Party hat schon begonnen. Barbara und ich schlendern über den Platz und sind mal wieder begeistert von den vielen liebevoll in die Tat umgesetzten Ideen, die dieses Festival ausmachen. Als erstes gehen wir an die bunten Verkaufsstände und ich kaufe für Jörg eine metallischblaue Purpfeife und ein Paar wunderschöne Pulswärmer. Überhaupt denke ich ständig an meinen Süßen und hoffe, dass alles klar geht zu Hause. Ohne mich.

In Bezug auf Jörg denke ich ja immer, dass ich alles am besten kann, alles am besten weiß und alles am besten einschätzen kann, kurz, dass eigentlich nichts ohne mich läuft. Was natürlich in gewisser Weise Quatsch ist.

Ein kurzer Anruf bestätigt mir, dass alles in Ordnung ist.

„Hi, Micha, gib mir mal meinen Schatz, Liebling, alles gut?"

Mein Herz schnürt sich zusammen, seine Stimme ist nur ein heiseres Flüstern:

„Alles okay, ich liebe dich, mein Herz, hab's schön", sagt er und „Ich vermiss dich, komm bald wieder."

Schluck.

Ich lege auf, fange an zu heulen, beschließe, nicht mehr anzurufen und trinke sofort ein Bier auf ex. Und gleich noch eins hinterher. Stressbewältigung auf die altmodische Art eben.

Trotzdem bin ich froh, dass ich den Trip gewagt habe, obwohl die Erfahrung, über Nacht nicht bei Jörg zu sein, eine ganz neue für mich ist. Aber ich weiß ihn in guten Händen, deshalb gelingt es mir ganz gut, im bunten Kosmos der Fusion mitzuwirbeln.

Nach einer unbequemen Nacht im Auto bin ich wirklich zweiundsechzig, besonders im Rücken.

Ein ausgiebiges Frühstück in der Backstagekantine heilt mich auf der Stelle und schon finde ich mich auf der Landstraße in Richtung Heimat wieder. Barbara bleibt omatechnisch noch bis morgen auf dem Platz, Marcus und Nikola wollen abends noch gemeinsam auf die Piste, da ist Oma gefragt, um stundenweise über die Kleinen zu wachen.

Ich fahre beschwingt durch die märchenhaften Alleen Vorpommerns und lasse mich von The White Stripes nach Hause begleiten.

Auf dem Hof empfängt mich unser blühendes Paradies und ich bin mal wieder überglücklich über unsere Entscheidung, hier in diese abgeschiedene vorpommersche Oase gezogen zu sein. Die weite Landschaft mit den idyllischen Knicks und Bauminseln breitet sich gelassen vor mir aus und tut so, als ob die Welt noch in Ordnung wäre.

Damals ...

Die Zeit in der Intensivstation der Charité war nach einer Woche vorbei und Jörg wurde auf eine normale Krankenstation verlegt, während man überlegte, wie es jetzt mit ihm weitergehen sollte. Ein Platz in einer geeigneten Reha-Klinik musste her, und zwar schnell. Ich wollte, dass sofort mit gezielten Übungen begonnen werden könnte, um Jörgs Verfassung günstig zu beeinflussen. Schon jetzt kam täglich eine Physiotherapeutin und versuchte, erste vorsichtige Beuge- und Streckübungen mit Jörg Armen und Beinen zu machen. Der starke Tonus der Armmuskulatur ließ allerdings nur kleine Bewegungen zu und Jörg war nach wenigen Minuten schon erschöpft, aber optimistisch. Gib mir 'n paar Monate, sagte er, dann bin ich wieder fit. Ich sagte nichts, aus gutem Grund.

Jeden Morgen fuhr ich mit der U-Bahn zum Krankenhaus, um den Tag bei Jörg zu verbringen und mir mein einsames Gelübde zu Herzen zu nehmen. Barbara war inzwischen für ein paar Tage gekommen und abends beratschlagten wir stundenlang über diverse Möglichkeiten, Jörg auch alternativ zu behandeln. Natürlich hatte ich ihm sofort Arnica in Höchstpotenz verabreicht und Hypericum für die Nerven. Endlich war auch meine homöopathische Halbbildung mal zu was gut.

Nach einigem Hin und Her gelang es den Ärzten, in der Rehaklinik Boberg, dem Zentrum für Querschnittgelähmte in Bergedorf bei Hamburg, einen Genesungsplatz für Jörg zu organisieren. In zehn Tagen sollte die Verlegung stattfinden und wir waren froh, dass wir nicht das nächste halbe Jahr in Marzahn verbringen würden müssen, wo es auch ein Q-Zentrum gibt, das ein paar Tage für Jörg im Gespräch gewesen war. Boberg hatte einen sehr guten Ruf in Kennerkreisen und ich hatte auch meinen Vater dort ein halbes Jahr lang besucht, damals, nach dessen folgenschwerer Operation dreizehn Jahre vorher.

Jörg war immer gut gelaunt und voller Optimismus, ich hatte das Gefühl, dass er den Umfang der Katastrophe noch gar nicht richtig geschnallt hatte. Aber das war ja vielleicht auch ganz gut so. Ich brach meine Zelte bei Jochen so langsam ab und am siebenundzwanzigsten Mai fuhren Jörg und ich parallel in Richtung Heimat.

In Boberg war schon alles vorbereitet und Jörg wurde in ein geräumiges Vierbettzimmer geschoben. Wir machten uns mit den anderen drei Unfallopfern bekannt, dann kam auch schon der Stationsarzt, um die nächsten Behandlungsschritte zu besprechen. Er war Rumäne und hatte einen riesigen Samowar in seinem Sprechzimmer stehen. Wann immer man in sein Büro kam, spielte er Patience am Computer, lächelte freundlich und kauderwelschte einen zu. Verstehen konnte ich ihn kaum.

Abends fuhr ich nach dreieinhalb Wochen das erste Mal wieder nach Hause und war erstaunt, dass sich dort gar nichts verändert hatte. Immerhin hatte mein Leben in der Zwischenzeit eine drastische Wendung genommen und ich fühlte mich sehr allein da oben am Abgrund. Da darf man ja wohl mal heulen, oder?

Jeden Morgen setzte ich mich beklommen in unseren Kangoo und fuhr eine Dreiviertelstunde quer durch Hamburg nach Boberg. Barbara hatte mir eine Kassette mit einem wunderschönen fortlaufenden tibetischen Heilmantra geschenkt, das konnte ich schon auswendig. Während der Fahrt sang ich inbrünstig mit und betete, dass es seine Wirkung langsam aber sicher entfalten würde. Marcus hatte einen tibetischen Freund, der uns empfahl, einen Lama aus Tibet aufzusuchen, der gerade zufällig in Hamburg war. Vielleicht könnte der etwas für Jörg tun? Er gab mir die Telefonnummer eines kleinen buddhistischen Zentrums und ich fragte nach.

Die Dolmetscherin fragte ihn, ob er am nächsten Tag mit uns zum Krankenhaus fahren würde. Er war einverstanden und gab mir einige Instruktionen: Er bat mich, einige Flaschen qualitativ hochwertiges Körperöl zu besorgen und einen kleinen Obolus bereitzuhalten.

Zunächst stellte sich die schwierige Frage, wie würden die Ärzte und Schwestern auf unser Ansinnen reagieren, einen Lama eine spirituelle Heilbehandlung durchführen zu lassen? Oder sollten wir es heimlich machen? Das wäre schwierig. Nach einiger Überlegung entschloss ich mich, die Schwestern einzuweihen. Sie waren hellauf begeistert und boten uns sogar einen separaten Raum für die Zeremonie an. Ich machte einen Termin mit dem heiligen Mann aus und schon am nächsten Morgen fanden Barbara und ich uns mitsamt dem Lama und seiner Dolmetscherin auf dem Weg gen Boberg.

Tenzin Dhonden Rinpoche war eine beeindruckende Erscheinung. Sein Körper wurde von einem roten Überwurf umhüllt, ein schneeweißes Hemd blitzte an Arm- und Halsausschnitt hervor. Das lange, schwarze Haar trug er hochgebunden, oben auf seinem Kopf gipfelte es in einem kleinen Dutt. Im Gesicht trug er das liebste Lächeln, das ich je gesehen hatte. Ich war überzeugt: Von diesem Mann konnte nur Gutes ausgehen. Auf der Krankenstation standen die Schwestern Spalier, verneigten sich ehrfurchtsvoll und wiesen uns den Weg zu dem für die Zeremonie vorgesehenen Zimmer. Es war wie im Traum, nie hätte ich es für möglich gehalten, dass schulmedizinisch ausgebildetes Krankenhauspersonal dermaßen in den Bann eines kleinen exotischen Mannes geraten könnte, der drauf und dran war, ein buddhistisches Heilungsritual zu zelebrieren ...

Jörgs Bett wurde hereingeschoben und die beiden machten sich nonverbal bekannt. Der ganze Raum war erfüllt von gleichmäßiger universeller Energie. Der Heilige zog ein paar Utensilien aus seinem Gewand und ließ uns über seine Dolmetscherin wissen, dass er jetzt ein Räucherritual vornehmen würde. Er bat mich, Jörg nackt auszuziehen, dann entzündete er einige Kräuter in einer Schwenkschale und begann leise murmelnd Jörgs Bett zu umrunden und dabei den Rauch über Jörgs Körper zu pusten. Nach einer Weile hielt er am Kopfende inne, legte die Hände zusammen und schloss die Augen in stiller Hingabe. Er fing wieder an zu murmeln und plötzlich spuckte er mit einem gewaltigen Output auf Jörgs Kopf. Dieser war anscheinend innerlich darauf vorbereitet, er zuckte mit keiner Wimper. Der Lama bespuckte Jörg noch circa eine halbe Stunde von allen Seiten unter leisem Gemurmel und ließ keinen Quadratzentimeter aus. Wie gebannt verfolgten wir das Ritual.

Unvermutet sackte er in sich zusammen und erklärte die Zeremonie für beendet.

Auf sein Geheiß gab ich ihm die Flaschen mit dem Körperöl, er öffnete sie nacheinander und spuckte ein paar Mal in jede Flasche, zwischendurch heilige Mantras murmelnd. Er erklärte mir, ich müsse Jörg jeden Tag von Kopf bis Fuß mit diesem heilenden Öl einreiben und gab mir fünf Tüten Kräuterstaub, den sollte ich von nun an täglich auf die vorher gezeigte Weise entzünden und um Jörgs Kopf schwenken. Ich ahnte schon, das würde schwierig werden, noch nicht mal Rauchen war aus gutem Grund im Krankenhaus erlaubt, aber naja.

Dann setzte sich der große kleine Mann an Jörgs Seite, hielt seine Hand und begann freundlich zu ihm zu sprechen. Der Dolmetscherin zufolge bedauerte er es sehr, schon am nächsten Tag ins ferne Indien abzureisen, er hätte Jörg sehr gern noch ein paarmal behandelt, aber in Pradesh würde er beim Aufbau eines neuen Krankenhauses dringend gebraucht. Okay, sagte Jörg, wenn ich wieder gesund bin, kommen wir und helfen, abgemacht. Der Lama lächelte vergnügt, ich gab ihm zweihundert Euro, was mir angemessen schien, und Barbara machte sich auf, um ihn samt Übersetzerin wieder ins Zentrum zu fahren.

Ich blieb bei Jörg, zog ihn wieder an, schob ihn zurück in sein Zimmer und wir waren noch eine ganze Weile ziemlich aufgewühlt von diesem einzigartigen Erlebnis. Ich glaub, es wirkt schon, sagte mein Liebster.

Unterdessen nahm der normale Tagesablauf im Krankenhaus seinen gewohnten Gang. Das Mittagessen wurde serviert, die obligatorische Pampe aus zerkochtem Gemüse, Kartoffeln und einem riesigen Stück Fleisch. Das mag ich nicht, sagte mein Schatz unum-

wunden, kannst du mir nicht morgen was Schönes kochen?

Natürlich wollte ich ihm was Schönes kochen, morgen und übermorgen und immer.

Hier und jetzt ...

Die Freude ist auf beiden Seiten riesengroß, als ich endlich wieder in Jörgs schönes Zimmer trete. In weiches Sonnenlicht gehüllt liegt er da und ich bin mal wieder geblendet von der Schönheit und der unglaublichen, würdevollen Gelassenheit, die er ausstrahlt. In dieser ganzen Misere ist immer er es, der uns beide auffängt, erstaunlicherweise.

Als Erstes befreie ich ihn von dem Dauerkatheter und entdecke eine pflaumengroße Schwellung neben seinem linken Hoden. Was kann das sein? Ich bin sehr beunruhigt, sage aber erstmal nichts. Für heute Nachmittag hat sich der Hausarzt angekündigt, der soll sich das mal ankucken, ich befürchte, dass es was Ernstes ist, und meine Stimmung geht steil runter. Dafür ist der Urin relativ klar, was ich auf der positiven Seite verbuche. Ich drehe meinem Schatz einen dicken Joint und erzähle ihm von meinen Impressionen auf der Fusion. Micha hat hier vorbildlich für alles gesorgt, nur hat sich natürlich inzwischen wieder viel Luft in Jörgs Bauch angesammelt, sodass ich erstmal diesbezüglich zur Tat schreiten muss. Der Alltag hat mich wieder, ich weiß genau, wo mein Platz ist, und das ist schön.

Da wir aus finanziellen und auch gemütlichen Gründen keinen Pflegedienst in Anspruch nehmen wollen, muss ich natürlich ganz schön ranrauschen. Durch die chronische Hepatitis und die vielen Medikamente und deren Nebenwirkungen ist Jörgs Haut spröde und schuppig, er muss jeden Tag mehrmals mit einer Speziallotion eingecremt werden, trotzdem lösen sich immer große trockene Hautfetzen von Armen und Beinen. Durch die Lähmung wird die Haut einerseits nicht richtig durchblutet, andererseits bilden sich unglaublich schnell Petechien, sogenannte Unterhautblutungen, schon der geringste Druck lässt die kleinen Äderchen unter der Haut platzen. Jörg hat seinen Körper schon abgeschrieben, aber Geist und Seele befinden sich auf einem ekliptikalen Höhenflug, dem ich nicht immer folgen kann.

„Ahura Mazda, Liebling, kennst du den?", fragt er mich gestern, was ich schwer beeindruckt verneinen muss.

Wikipedia schreibt:

Ahura Mazda, der Herr der Weisheit, ist im Zoroastrismus der Schöpfergott, der zuerst die geistige Welt (Menok) und dann die materielle Welt (Geti) erschaffen hat; er verkörpert die Welt des Lichts, ist Schöpfer und Erhalter der Welt und der Menschheit, der aus dem reinsten Licht entstandene Urheber der guten Dinge. Man betet zu ihm um Vollkommenheit und Unsterblichkeit. Mit seinem Propheten Zarathustra soll er viele Unterredungen über Fragen der Moral und des Glaubens geführt haben. Er erscheint als Totenrichter, der die Seelen um ihren Wandel befragt und sie, wenn die Antwort befriedigend ausfällt, einlädt, ein Paradies mit ihm zu teilen.

Soso. Interessant. Nun muss ich erstmal rätseln, was mein Liebster mir mit dieser Frage sagen will. Beschäftigt er sich doch schon ein bisschen mit dem Tod?

Abends sitze ich an seinem Bett und er sagt leise: „Ich bin fertig."

Eine eisige Faust krallt sich in mein Innerstes, ich nehme sein Gesicht in meine Hände und sage: „Und wenn, mein Allerliebster, im nächsten Leben machen wir alles ganz anders, wir kriegen ganz viele Kinder und machen die tollsten Sachen zusammen, das wird ein Riesenabenteuer! Darauf freu ich mich schon ganz doll! Ich liebe dich bis in alle Ewigkeit, mein Stern!"

Unser Blick vertieft sich ins Unermessliche, er lächelt glücklich und wir küssen uns innig.

„Mein Alles", sagt er nur und lächelt mich an.

Jetzt ist erstmal ein tiefer Zug am Joint angesagt und mir ist plötzlich ganz leicht ums Herz.

Seit Jahren beschäftige ich mich intensiv mit dem Leben vor und nach Geburt und Tod, was mich schon früh zu der Auffassung kommen ließ, dass wir als geistige Wesen in einer geistigen Welt leben, in der alles mit allem verknüpft ist. Ich stelle mir das Gehirn als so eine Art Empfangs- und Sendestation vor, also praktisch als die Hardware. Diese Anschauung der Dinge ist für mich bestens dafür geeignet, aufkommende Verzweiflung in allen Höhen und Tiefen des menschlichen Daseins in Schach zu halten.

Von diesem Gesichtspunkt aus ist, jedenfalls für mich, alles erklärbar, und ich wundere mich über gar nichts mehr. Wenn alles ein großes Wunder ist, was wir Menschen aber nur unter „ja, das ist nun mal so in der Natur" abhaken, wo doch jedes Samenkorn und jede kleinste Einheit schon Alles enthält, kann man doch wirklich immer nur sprachlos und zutiefst dankbar sein, dass man ein Teil dieses ewigen Mysteriums sein darf.

Im Zentrum dieser Fühlweise treffen wir uns, Jörg und ich. Immer wieder und immer öfter. Bis keine Wörter mehr nötig sind, um uns verstehen zu lassen, dass nur bedingungslose Liebe unser Credo sein kann. Sie ist der Nährboden für Hoffnung, Verständnis und Dankbarkeit. Amen.

Damals ...

Die Schwestern waren gar nicht begeistert, als ich am nächsten Tag mit meinen Tupperschüsseln auf die Station kam. Ein knackiges Brötchen hatte ich auch dabei und richtigen gebrühten Kaffee in einer Thermoskanne. Einerseits freuten sie sich, dass ich die Fütterung übernahm, andererseits hielten sie meine ständige Anwesenheit für überflüssig, wenn nicht gar schädlich für Jörgs gesundheitliche Entwicklung.

Nach ein paar Tagen nahm mich die Oberschwester zur Seite und meinte, ich solle doch lieber zu Hause bleiben, er hätte doch hier alles. Ich solle lieber zu den Besuchszeiten kommen, der Ablauf wäre sonst gestört.

Da war sie bei mir aber gerade richtig. Ich erklärte ihr, dass Jörg mich braucht und am liebsten immer um sich haben möchte, das wäre schon immer so gewesen und nun, wo er krank ist, erst recht. Sie konnte mich ja schlecht rauswerfen und schließlich resignierte sie schulterzuckend.

Der Zusammenhalt zwischen den Patienten war großartig und alle versuchten, sich gegenseitig aufzubauen. Die drei anderen Typen in Jörgs Zimmer waren alle mehr oder weniger gehandicapt und ich hatte ziemlich damit zu tun, alle Fliegen zu fangen, die sich impertinenterweise ständig auf ihre Gesichter und Hände setzen wollten. Ich pirschte mich ran und stülpte blitzschnell ein Glas über sie, um sie dann aus dem Fenster in die Freiheit zu entlassen.

Zweimal täglich behandelte ich Jörg mit einer speziellen Berührmethode, bei der unter anderem jeder
Finger ein paar Minuten leicht gedrückt werden musste. Diese Art der Berührung sollte den Energiefluss in
seinem Körper anregen und die Selbstheilungskräfte
aktivieren. Die Methode nennt sich „Jin Shin Jyutsu"
und ich hatte mir extra zwei Bücher über diese Heilbehandlung, die ihre Wurzeln in Japan hat, besorgt.

Ich beobachtete die Physiotherapeuten bei ihrer
Arbeit und ließ mir kleine ergotherapeutische Übungen
zeigen, um sie immer mal zwischendurch mit Jörg zu
trainieren.

Alles wollte ich tun, um meinem Liebsten aus seiner Bewegungslosigkeit zu helfen. Was die Schwestern dazu sagten, war mir schon lange egal.

Die Freundin eines Mitpatienten hatte mir außerdem von einer anderen Behandlungsmethode, dem
„Peter Hanke Prinzip", erzählt und ich beschloss spontan, einen der angebotenen Kurse bei einer darin aus-
gebildeten Lehrerin zu belegen. Die Ausbildung in dieser Kunst sollte sich über vier Wochenenden erstre-
cken und in der Nähe von Plön am See stattfinden. Die
Idee basiert auf dem „Vojta-Prinzip", wobei den Kranken mittels Kriech- und Drehmustern wie kleinen Ba-
bys beigebracht wird, ihren Körper zu benutzen und
zu stärken.

Aber erstmal wurde ich hier in diesem Kranken-
zimmer, an diesem Bett, bei diesem Mann gebraucht.
Witzigerweise wurde ich immer aus dem Zimmer geschickt, wenn Jörg katheterisiert werden musste, was
alle vier Stunden der Fall war. Als ob mir die intimsten
Zonen meines Mannes nicht bestens vertraut wären ...
Allerdings muss ich im Nachhinein jetzt auch konsta-
tieren, dass die jeweilige Schwester immer sehr dank-

bar war, wenn ich ihr bei der Lagerung half. Um einem immer drohenden Decubitus vorzubeugen, musste Jörg alle paar Stunden circa 30 Grad auf die eine und dann später auf die andere Seite gelagert werden, was er gar nicht gern mochte.

So allmählich besserten sich die Parameter der jede Woche vorgenommenen Muskelmessung ein wenig und Jörg wurde jetzt hin und wieder schon mal in einen Rollstuhl gesetzt. Große Schienen an der Zimmerdecke sorgten dafür, dass die Schlitten für den Patientenlifter punktgenau jeden gewünschten Zielort im Zimmer erreichen konnten. Die Pfleger mussten eine Transferdecke möglichst grade unter den im Bett liegenden Patienten platzieren, die wurde dann mitsamt der Person an vier Schlaufen hochgehievt, sodass der gelähmte Mensch vorsichtig in den bereitstehenden Rollstuhl gesetzt werden konnte. Um diese Prozedur sicher ausführen zu können, brauchte es immer zwei Personen.

Und dann, am Christopher Street Day, alles war wie immer, der Fernseher lief und zeigte die prächtigen Paraden, geschah das Ungeheuerliche: Unsere beiden diensthabenden Pfleger waren gerade dabei, Jörg per Knopfdruck hochzuziehen und verfolgten dabei das neckische Treiben auf dem Times Square im Fernseher, als Jörg seinen Arm leicht anhob und da stimmt was nicht! sagte. Die beiden schüttelten sich aus vor Lachen, während sie die freizügigen Kostüme auf dem

Bildschirm kommentierten und Jörg immer höher hievten.

Er befand sich schon nicht mehr über dem Bett, sondern schon fast über dem Rollstuhl, als sich eine der vier Laschen vom Haken löste, sie war nicht richtig eingehakt.

Starr vor Schreck stand ich daneben und musste hilflos mit ansehen, wie Jörg seitlich aus der Halterung rutschte, wie in einem schlechten Horrorfilm sah ich seinen Kopf am Gestänge des Bettes abprallen und dann knallte er auch schon auf den Fußboden.

Der Times Square tobte.

Augenblicklich fing ich an zu schreien, rannte raus auf den leeren Krankenhausflur und brüllte Hilfe, Hilfe, riss eine Zimmertür nach der anderen auf, um irgendjemanden zu finden, dem ich von dieser unbeschreiblichen Katastrophe Mitteilung machen konnte, aber es war außer den erschrockenen Patienten keiner da. Völlig außer mir sackte ich auf den Boden, krümmte mich wie ein Tier und schrie, schrie, schrie.

Endlich kam eine Schwester angerannt, zog mich hoch und herrschte mich an: Jetzt beruhigen Sie sich mal, hier wird nicht geschrien!

Ich will mich aber nicht beruhigen, heulte ich auf, wo ist der Arzt, die haben Jörg fallen gelassen! Diese Scheißtypen haben ihn einfach runterfallen lassen, er muss sofort geröntgt werden! Lassen Sie mich los! Ich will auf der Stelle den Chefarzt sprechen, mein Mann muss sofort untersucht werden!

Die Schwester wich zurück und sagte: Es ist Sonntag, da ist nur eine Ärztin in Haus zwei, ich frage mal an, ob sie kommen kann.

Das kann ja wohl nicht wahr sein, schrie ich sie an, wo sind wir hier eigentlich? Die Schwester schlich zum Telefon.

Inzwischen hatten die verstörten Pfleger Jörg wieder aufs Bett bugsiert, ich wusste gar nicht, ob das nicht vielleicht völlig verkehrt war, immerhin war sein schwerer Treppensturz erst fünf Wochen her und keiner konnte ermessen, was dieser neuerliche Sturz angerichtet haben mochte. In seinem Kopf und in seiner Seele. Er war leichenblass, ich küsste und streichelte ihn, wollte alles auf mich laden, was ihm Angst machte und Schmerzen bereitete.

Ich kämpfte mich aus dem Strudel des Wahnsinns und versuchte, mich auf die noch funktionierenden Teile meines Gehirns zu konzentrieren. Das Zittern ließ nach. Die Ärztin kam genervt auf die Station und wollte nun auch, dass ich mich beruhigte und ein Glas Wasser trank. Ich wollte weder das eine noch das andere und fing an, mit der Ärztin zu streiten. Sie wollte ihn nicht röntgen lassen, sie wollte ihn nur untersuchen.

Glauben Sie mir, sagte sie, das ist meistens gar nicht so schlimm, wie es aussieht. Falls da was ist, können wir ihn auch morgen noch röntgen. Ein unausgesprochenes Basta! blieb zwischen uns stecken. Mir blieb die Luft weg, weder kannte die Frau meinen Mann, noch hatte sie die leiseste Ahnung von dem, was eben grade passiert war! Sie ging an Jörgs Bett und schickte mich raus.

Dieses Runterspielen des entsetzlichen Vorfalls ging mir tierisch auf die Nerven und natürlich kam sie nach ein paar Minuten triumphierend aus dem Zimmer und sagte: Wie ich vermutete, es ist gar nichts passiert, er hat nur 'ne kleine Beule am Kopf. Die wird jetzt gekühlt und das war's. Gott sei Dank, fühlte sie sich noch bemüßigt zu sagen und entschwand, die blütenweißen Kittelschöße flatterten rechthaberisch hinter ihr her.

Jörg bekam einen riesigen Eisbeutel auf seine riesige Beule und ich schwor mir, das würde Folgen haben, ich war so wütend.

Am nächsten Morgen ging ich als Erstes mit Barbara zum Leiter der Klinik. Wir hatten uns vorgenommen, ganz sachlich mit dem Oberdoktor über eine Verlegung Jörgs in eine andere Klinik zu diskutieren.

Wo bitte soll ich nun noch mein Vertrauen hernehmen, wenn so etwas Unglaubliches hier in Ihrem Krankenhaus passieren kann?, fragte ich ihn. Er wand sich in seinem ledernen Chefsessel und rang die weißen Chirurgenhände, bitte glauben Sie mir, das wird nie, nie wieder vorkommen, ich bitte Sie inständig, lassen Sie Ihren Gatten weiterhin hier bei uns behandeln, in seinem Interesse! Okay, ich war dann doch einverstanden, auch weil ich hoffte, dass Jörg nach diesem Vorfall wirklich wie ein rohes Ei behandelt werden würde.

Jörg wurde geröntgt und es war wohl tatsächlich nichts Gravierendes passiert. Der betreffende Pfleger schrieb auf meinen Wunsch ein „Geständnis", das ich zu den Akten legte, man weiß ja nie.

Die Klinikpsychologin führte auf mein Betreiben eine Traumabehandlung mit Jörg durch, es würde sich zeigen, wie er das schreckliche Unglück verkraften würde.

Überschattet wurde alles noch von einer Hepatitis-C-Erkrankung, die Ende Juni diagnostiziert wurde. Jörg wusste genau, dass er in der Charité im Zuge der Operation eine Blutkonserve erhalten hatte, was ich auf der Stelle unserem Anwalt mitteilte. Er verlangte sofort die Einsicht in die Krankenakten, aber da war nichts von einer Bluttransfusion zu finden.

Die Wochen gingen dahin, es wurde Herbst und Jörg hatte nun einen eigenen, auf seine 192 Zentimeter lange Körpergröße zugeschnittenen Elektrorollstuhl bekommen. Vorne an der rechten Armstütze war eine Art Joystick angebracht, mittels dessen er den Rolli selbständig regieren konnte, so gut es ging. Es musste aber immer jemand dabei sein, und das war ich. Er konnte seine Arme jetzt schon wieder ein klein wenig höher heben und trug nun Handgelenkmanschetten mit eingebauten Metallschienen, die verhindern sollten, dass die Hände sich nach innen krümmten.

An der rechten Manschette befand sich innen ein Schlitz, sodass man einen verbogenen Löffel hinein schieben konnte. Es war grausam, mit anzusehen, wie er versuchte, den Löffel zum Mund zu führen, aber ich sah ein, dass das nur durch ständiges Training irgendwann vielleicht mal besser klappen würde.

Ich lernte, wie der Darm entleert wird, wie man einen Einlauf macht, wie der Urinkatheter angelegt wird und wie man einen gelähmten Menschen auf die Seite dreht. Ich war immer noch so hoffnungsfroh und dachte wirklich, dass Jörg eines Tages wieder würde laufen können.

Einmal stellte sich die Verkrampfteste von den Schwestern vor mich hin und zischte: Ihr Mann wird nie mehr laufen können, das müssen Sie jetzt endlich mal kapieren! Ich konnte das nicht verstehen, wollte sie mich runterziehen oder meinte sie es auf eine ganz kaputte Art sogar gut mit mir? Ich gab meine Hoffnung nicht auf und kaufte erstmal ein paar Bücher, in denen Betroffene ihre Heilungsgeschichte veröffentlicht hatten. Clemens Kuby und Stefan Kulle hatten es schließlich auch geschafft, wieder zu Fußgängern zu werden.

Der Muskeltonus in den Armen war immer noch sehr hoch, besonders auf der rechten Seite. Jeden Vormittag brachte ich Jörg runter zur Physiotherapie, wo eine Therapeutin mit Gummihandschuhen, das war Vorschrift, wegen der Hepatitis, auf uns wartete. Gemeinsam beförderten wir ihn über ein Rutschbrett auf die Behandlungsliege und sie begann, seine Arme zu strecken und zu beugen, es ging aber nicht so gut und tat wohl ziemlich weh, wie ich an Jörgs schmerzverzerrtem Gesicht erkennen konnte.

Aber auch hier war das tägliche Training das A und O, das leuchtete mir ein.

Wir lebten wie in einer gemeinsamen Blase, nur manchmal in Intervallen gestört von den Schwestern, die die Infusionen wechseln oder Jörg katheterisieren wollten. Die Schwestern hatten inzwischen akzeptiert dass ich sozusagen zum lebenden Inventar gehörte und behandelten mich von nun an von ausgesprochen nett über ignorant bis unverschämt.

Aber man soll ja nichts persönlich nehmen. Im Grunde meint ja jeder nur sich selbst und seine tief innen verborgene eigene Unzulänglichkeit, die er dann aus Bequemlichkeit auf andere Menschen projiziert, oder?

Ich glaube, das gesamte Personal hatte noch nie eine derart penetrante Angehörige erlebt, die immer mitreden wollte und sich so eklatant in den Krankenhausalltag einmischte. Die Hardcoreschwestern taten mir ja sowieso immer ein bisschen leid, weil sie sich so einen dicken Panzer angelegt hatten, um ja nicht von dem ganzen Kummer um sich herum aufgefressen zu werden. Darüber hatten sie wohl auf dem Dienstweg ihre Menschlichkeit verloren.

Es ging ja immerhin um unsere Zukunft, da wollte ich sicher sein, dass alles getan wurde, um Jörgs Chancen auf ein normales Leben in jeder Hinsicht zu vergrößern und passte auf wie ein Schießhund, dass auch alle Therapiestunden eingehalten wurden, ohne Jörg zu überfordern.

Ich merkte aber schon bald, dass Jörgs Ehrgeiz sich, was den eigenen körperlichen Einsatz betraf, in Grenzen hielt. Er setzte eher auf die passiven Therapieformen, als dass er sich so richtig aktiv in die Übungen reinhängte. Das war die Kehrseite der Medaille seiner von mir früher so bewunderten profunden Ehrgeizlosigkeit.

Bei mir war das anders. Lieber würde ich irgendwo gegenfahren, als mir vorwerfen zu müssen, ich hätte nicht alles, aber auch alles getan.

93

Hier und jetzt ...

Inzwischen habe ich auch noch ein paar Sterne geholt, die kann ich später mit Micha zusammen über Jörgs Bett an die Decke kleben, zu den anderen Hundert, die jeden Abend nach dem Löschen des Lichts ihren zarten, grünlichen Schimmer fluoreszierend im Zimmer verbreiten.

Heute Morgen hat sich die Geschwulst am Hoden geöffnet und ein Exsudat aus wässrigem rosa Eiter sickerte heraus. Patrick, der Pfleger vom Palliativteam, hat die fistelige Öffnung mit einer sterilisierenden Lösung gespült, während er ein besorgtes Gesicht machte. Ich legte dann noch einen mit kolloidalem Silber getränkten Tupfer drauf, um das Milieu zu stärken. In der Küche weine ich erstmal ein bisschen vor mich hin.

„Liebling, ich hätte Bock auf ein Lachsbrötchen, meinst du, du kannst mir eins machen? Mit Kakao?"

Er fängt an zu husten und spuckt einen großen Klumpen Sputum aus.

„Nichts lieber als das, Süßer, ich fahr schnell zum Laden."

Ich bin überrascht und glücklich, dass er überhaupt auf irgendetwas Appetit hat, er ist so dünn. Ich selbst lebe zwar seit Jahren vegan, aber für Jörg springe ich über jeden Schatten.

„Ich bin gleich wieder da!", rufe ich und greife zum Autoschlüssel.

„Ach, dann gib mir noch mal eben 'n Hit, one for the road", sagt er und kneift konspirativ ein Auge zu.

Momentan scheint die Bestie Spastik sich zurückzuhalten, aber sie lauert immer irgendwo, es ist wohl wirklich besser, sie mit einem Zug vom Joint ein wenig zu besänftigen.

Wieder zurück, mache ich ihm den Kakao, das knackige Lachsbrötchen schneide ich in mundgerechte Stücke und setze mich zu ihm, um ihn zu füttern. Nach dem ersten Bissen kuckt er schon so komisch und sagt: „Schatz, tut mir so leid, ich kann nichts runterkriegen, entschuldige bitte!"

„Ist doch egal", sage ich, „komm, dann trinkst du eben noch ein bisschen Fresubin, ok?"

„Kratz mich mal eben an der Nase, bisschen höher, mehr nach links, ja, genau da, danke, Liebling. Können wir gleich rausgehen? Liest du mir weiter vor? Das wär' so schön!"

„Natürlich, ich muss nur noch schnell ein bisschen Haushaltskram machen, dauert nur fünf Minuten."

Der Haushalt ist schwer vernachlässigt, ich mache immer nur das Nötigste, lieber sitze ich bei Jörg und kraule ihm den Kopf oder halte seine Hand. Später sitzen wir draußen und ich lese ihm aus Roger Willemsens Afghanischem Reisebuch einige Passagen vor.

„Deine Stimme ist so lieblich, meine Sonne", sagt mein Liebster und schläft ein.

Damals ...

Am 27. November 2003 sollte Jörg entlassen werden. Leider hatte er seit ein paar Tagen hohes Fieber und die Ärzte rätselten herum, was das nun wieder sein könnte. Da die gerade eingeführte Fallpauschale für jeden Kranken vorgab, wie lange er im Krankenhaus behandelt werden konnte und für Jörgs Fall genau ein halbes Jahr Behandlungszeit von der Krankenkasse vorgesehen war, wurde alles getan, um das Fieber in den Griff zu kriegen.

Das Gästeklo bei uns zu Hause war inzwischen zu einem behindertengerechten Duschklo umgebaut worden, ein elektronisch zu betätigendes Krankenbett samt Wechseldruckmatratze und ein Patientenlifter waren schon vom Sanitätshaus geliefert worden. Dann kam der große Tag, dem wir schon so lange entgegengefiebert hatten.

Endlich zu Hause! Jörg war einfach nur glücklich. Ich auch, obwohl mir manchmal ganz schlecht war vor lauter Verantwortung.

Wir hatten uns überlegt, dass wir von nun an alles, aber auch alles Menschenmögliche unternehmen würden, um Jörg aus seiner Bewegungslosigkeit rauszuholen. Oder war das nur auf meinem helfersyndrombehafteten Mist gewachsen?

Erstmal mussten wir mit dem fieberhaften Infekt klarkommen.

Erst als Jörg zu Hause war, stellte sich heraus, dass er eine Nebenhodenentzündung hatte, die das Fieber bis auf gefährliche 41 Grad hochsteigen ließ.

Doktor Weiss, unser alter Familienhausarzt, hatte, schwer enttäuscht von der neuen Gesundheitsreform, seine Praxis aufgegeben und war von nun an nur noch für Privatpatienten da. Trotzdem verschrieb er die nötigen Medikamente und sah sich die Entlassungsberichte genauestens an. Er erklärte mir, dass die Hoden hoch gelagert und gekühlt werden müssten und eine Antibiose unabdingbar wäre. Jörg war total neben sich, aber mit Bachsonaten und Miles Davis' „Bitches Brew" kam er dann doch zur Ruhe.

Wirklich schwierig wird es, wenn man plötzlich schwerstbehindert ist und einen neuen Hausarzt braucht.

Zwei, drei Ärzte schüttelten bedauernd den Kopf, dann fand ich eine junge Medizinerin, hochmotiviert und frisch in einer Gemeinschaftspraxis, die noch Kapazitäten frei hatte. Auf Anhieb hatten wir diesen speziellen Draht zueinander und sie versprach mir, am nächsten Tag einen Patientenbesuch bei Jörg zu machen.

Pletzi, wie wir Dr. Anita Pletz tauften, war wie alle sofort von Jörg verzaubert. Er strahlte so eine sonnige Energie aus, dass jeder einfach nur hingerissen war. Vom ersten Moment an war eine innige Wärme zwischen uns dreien spürbar, und als Pletzi uns unter anderem erzählte, dass sie in einem Gospelchor sang, sagte Jörg, Mensch, wir müssen unbedingt was zusammen singen! Schatzi, hol doch schon mal das Mikro, und stöpsle es in den PC! So, was wollen wir singen?

Er war Feuer und Flamme, der Zündfunke tanzte fröhlich zwischen uns hin und her und wir probten ein afrikanisches Liebeslied, das dreistimmig sehr ans Herz ging.

Pletzi verschrieb Jörg Physio- und Ergotherapie und nun musste ich nur noch Therapeuten finden, die bereit waren, Hausbesuche zu machen, was gar nicht so einfach war.

Unsere neue Ärztin war der Überzeugung, dass die Hepatitis C unser allergrößter Todfeind war, aber bevor wir uns auf eine Chemotherapie einlassen würden, wollten wir einen Heilansatz mit Spinnengift ausprobieren. Das Zeug war utopisch teuer, jeden dritten Tag musste ich Jörg eine Dosis in den Bauch spritzen und wir beteten, dass das Gift die Viren zum Teufel jagen würde.

Nach Monaten bewies die Blutuntersuchung, dass alles umsonst gewesen war, die Viruslast hatte nicht abgenommen und schweren Herzens stimmten wir der Chemotherapie zu.

Wieder musste ich ihm jede Woche was Fieses in den Bauch spritzen und wieder ging es ihm danach tagelang richtig schlecht. Dazu zweimal täglich zwei giftige Tabletten taten ein Übriges und Jörg fiel regelmäßig in Ohnmacht. Mit nach oben verdrehten Augen, mitten im Satz. Damals hatte ich manchmal wirklich Angst, er würde einfach mal wegbleiben.

Pletzi hatte uns noch durch die Therapie begleitet, aber irgendwann erlahmte dann ihr Interesse und sie kam immer seltener. Fürderhin hatten wir zur Blutentnahme um acht Uhr morgens in der Praxis zu erscheinen, was wirklich an unsere Substanz ging. Wir mussten ja nach Jörgs Erwachen so viele Dinge verrichten, von Luftablassen über Anziehen, in den Rolli setzen

und den Nachbarn um Hilfe beim Bezwingen der Roll-
stuhlrampe bitten, bis zur Bewältigung der Distanz vom
Haus bis zur Praxis. Aber Frau Doktor Pletz blieb un-
erbittlich und kam dann gar nicht mehr. Später, nach
Jahren, schrieb sie Jörg eine rührende E-Mail, in der
von Fehlgeburt und Depression die Rede war.

Ich will das alles nicht mehr, sagte mein Liebster eines Tages, immer diesen Kampf mit den Viren,
Scheißchemo, lieber freunde ich mich mit den Kollegen an und lebe 'n paar Jahre weniger, Schatzi, was
meinst du?

Ich schluckte und war erleichtert, dass er das von
sich aus beschlossen hatte, nahm ihn in meine Arme
und nickte vehement.

Komm, gib mir mal 'n Hit, sagte er und das tat ich
dann auch.

Wir hatten inzwischen einen Zivildienstleistenden
beim Sozialamt beantragt, der einmal die Woche nachmittags bei Jörg sein sollte, damit ich anstehende Be-
sorgungen und Behördengänge ohne Stress erledigen konnte. Volltreffer! Dennis war der netteste junge
Mann, den man sich vorstellen konnte. Gänzlich ohne
Berührungsängste widmete er sich Jörg und, was das
Tollste war, er hatte auch noch den kompletten Durch-
blick in punkto Hard- und Software. Außerdem konnte
er auch noch Joints drehen, was mir sehr entgegen-
kam, hatte ich doch eigentlich keine große Lust dazu.

Ja, der Kiff hatte schon wieder Einzug bei uns
gehalten, ich war zwar nicht begeistert, aber nachdem mir alle Ärzte versichert hatten, dass die Wirk-
substanz bei Schwerkranken weder einen richtigen
Rausch auslöst noch anderweitig schädlich sei, gab
ich mich zufrieden. Das THC beruhigte Jörgs lädierte

Nerven und wies die Spastik in ihre Grenzen. Na dann, in Gottes Namen.

Dann kam Ute. Sie war eine engagierte Physiotherapeutin und Jörg und sie waren bald ein Herz und eine Seele. Wenn sie kam, musste sie, genau wie Dennis, erstmal ein paar Joints und die Musik auf höllenlaut drehen. Rock'n'Roll forever! Erst wollte sie nicht so richtig, aber als Jörg sagte, hey du kannst doch 'n alten Krüppel nicht so hängenlassen!, war der Bann gebrochen und beide brachen in unkontrolliertes Gelächter aus. Von nun an war sie Wachs in seinen Händen, wenn man das mal so sagen darf.

Jörgi hatte sie alle voll im Griff. Er entsprach so gar nicht dem Bild eines Schwerbehinderten im Jammertal.

Natürlich waren alle Freunde und Bekannte erstmal geschockt, wenn sie ihn so hilflos daliegen sahen, wie ein Skarabäus auf dem Rücken, nicht imstande, für die elementarsten eigenen Bedürfnisse selbst zu sorgen und bei der kleinsten Kleinigkeit auf Hilfe angewiesen. Beim Nasebohren, Kratzen, wenn's irgendwo juckte, Trinken, Essen, Pinkeln und Darmentleeren.

Aber sein Witz und sein fröhlicher, enthusiastischer Lebenshunger ließen schon bald den Eindruck des bedauernswerten Unfallopfers verblassen. Er konnte gar kein Mitleid ertragen. Bei uns herrschte immer gute Stimmung und wir hatten gemerkt, dass es uns eigentlich egal war, ob einer laufen konnte oder nicht. Klar wollten wir weiter daraufhin arbeiten, dass Jörg irgendwann wieder würde laufen können, aber so richtig stressig sollte es auf keinen Fall werden. In Boberg hatten die Ergotherapeuten einen Aufsatz für Jörgs rechten Zeigefinger konstruiert, ein Gumminippel an der Spitze sorgte dafür, dass er die glatte Tastatur des Laptops bedienen konnte, ohne abzurutschen. Der kleine Finger der linken Hand war der gelehrigste und machte sich schnell mit dem Touchscreen vertraut. Die Handmanschette mit der Metallverstärkung tat ein Übriges und die alte Freundschaft zum geschriebenen Wort flammte wieder auf. Er entwarf für sich selbst eine Visitenkarte:

> JÖRG DREISÖRNER
> Begründer des
> spastischen Expressionismus
> in Wort und Bild

Ich freute mich, dass Jörg alles daransetzte, um den zähen Kampf mit den Buchstaben zu gewinnen, und schon nach einer Woche hatte er die erste Kurzgeschichte aus seinem aufregenden Leben fertig geschrieben. Ich war so stolz auf ihn.

Jeden Tag musste ich ihm den Krankentisch mit dem PC über sein Bett rollen, das Kopfteil des Bettes hochstellen und er schrieb Zeile für Zeile, wie ein Besessener. Es folgten noch viele skurrile Geschichten, die wir später unter dem Titel GRINGO zusammenfassten. Ich fand ja, dass das Training ein wenig zu kurz kam, wollte aber nicht meckern. Immerhin war das Schreiben ja auch eine Art Training. Außerdem war ich so gespannt auf seine Geschichten, da konnte mir der ewige Gringo doch mal eine ganz neue Facette seiner zeitlosen, immerwährenden Suche nach dem Wunderbaren eröffnen.

Willkommen in Amerika!

Unser Tisch ist ein Fest schwarz-weißer Zusammengehörigkeit, die in zügiger Folge einige Pitchers runterkippt, bis ein Afro-Americano namens Jaimie vorschlägt, in seinem Apartment weiterzufeiern. Ich bin dabei. In seiner Behausung, ein Zimmer, Telefon und Toilette auf dem Flur, rollt Jaimie eine große Zigarre aus besonderem Tabak, den er zärtlich mit „Loco-Kraut" anspricht, anzündet und herumreicht. Ich inhaliere tief wie die anderen, halte den Rauch mit dem Kinn zur Brust. Der Duft ist lieblich und berauschend. Schon nach den ersten Zügen scheint die Zeit sich zu verschieben, sich auszudehnen. Farben bitten um größere Aufmerksamkeit, das Gehör geht auf Reisen mit Ray Charles. Im Nu verbreitet sich eine Stimmung der Verschwörung, Solidarität und Freundschaft füllen unseren Kosmos. Das einzige Fenster im Zimmer gibt den Blick auf den Hudson und den Riverside Drive frei und lädt zu Träumerei ein. Leichter Wind weht durch das sonnengetränkte Blattwerk, spielt mit Licht und Schatten, in denen es sich wunderbar verlieren lässt. Allerdings ist die Idylle durch nach und nach verklingenden Polizeisirenen getrübt, die seit einer geraumen Weile nicht nur die Vogelwelt vergrämt hatten. Dafür steigen aus dem Hinterhof sanfte Klänge von Radio WPLJ auf und alles ist friedlich. Dann hämmert jemand an die Tür. Es ist die Polizei. Mazeltoff. Dichte Schwaden verräterisch duftender Evidenz vernebeln das Zimmer. Die Cops müssen keinen Spürhund engagieren, um einen massiven Verstoß gegen das Drogengesetz zu erschnuppern. Ein weiteres Klopfen bestätigt, dass das Gesetz entschlossen ist, einzutreten, um ein paar Fragen zu stellen. Wir sitzen in der Falle. Scheiße! Es ist unmöglich, die Tür nicht zu öffnen. Schließlich machen ein Detektiv in Zivil und zwei uniformierte Polizisten ihr Entré. Dies ist das Ende. Ich habe keine Papiere! Ich bin ein „illegal alien", ein illegaler Ausländer und höre schon die Gefängnistür mit gewaltigem Donnerschlag hinter mir zuknallen. Doch dann meint der Detektiv salopp und zur Freude aller Beteiligten: Ladies und Gentlemen, wir interessieren uns nicht dafür, was Sie hier rauchen. Alles, was wir wissen wollen ist, ob jemand irgendetwas gesehen oder gehört hat, was den Anschlag auf zwei Polizisten betrifft, die vor einer halben Stunde am Riverside Drive erschossen wurden? Niemand hatte etwas gehört oder gesehen. Daraufhin verabschiedete sich das Gesetz, wünschte einen schönen Tag und machte den Abgang. Da sang mein Herz: Willkommen in Amerika!

Große Formate bemalen, das ging ja momentan nicht, und wer weiß schon, ob er jemals wieder dazu imstande sein würde? Also wollte er von nun an auf DIN-A4-formatigem Papier versuchen zu zeichnen. Von dem ersten Werk war ich hingerissen. Er nannte es: „Der Strich und ich". Genial.

Der Strich und ich

Ruth, Jörgs Schwester, kam für ein paar Tage und ich konnte endlich die Ausbildung in der „Peter Hanke Technik" machen. Ich versprach mir davon neue Erkenntnisse über den menschlichen Körper, insbesondere über Nerven, Muskeln und deren Zusammenspiel im Krankheitsfall. Wie könnten Blockaden gelöst und neue Nervenimpulse gesetzt werden? Was konnte man tun, um Jörg aus seiner körperlichen Starre zu lösen? Der Kurs bei Marion in Plön brachte mir nicht so viel wie erhofft, aber ich kaufte das begleitende Buch und lernte 'ne Menge. Bücher sind ja sowieso meine besten Freunde und Verbündeten, außer Jörg.

Marion war eine hervorragende Therapeutin. Sie war fasziniert von Jörgs Fall und schnell war klar, dass sie Jörg im Rahmen einer Studie für ein neues Buch umsonst behandeln würde. Sie wollte jedes Wochenende aus Plön kommen und zusammen mit ihrem Partner eine dokumentierte Behandlung vornehmen. Etwas merkwürdig fand ich es schon, als sie sagte, nur sie allein könnte Jörg noch heilen ...

Ich spürte hinter ihrer exaltierten Großschnäuzigkeit eine kleine verwundete Kinderseele und abends beim Rotwein, den sie reichlich genoss, vertraute sie mir regelmäßig und unter Tränen die grässlichsten Horrorstorys aus ihrem Leben an.

Aber als Therapeutin war sie hochprofessionell und in den Pausen gab sie die dreckigsten Witze zum Besten, die ich jemals gehört hatte und Jörg kam aus dem Lachen gar nicht mehr raus. Für Zwerchfell und Brustkorb war das die beste Medizin.

Heiko, ihre Beziehung, brillierte in erster Linie auf der spanischen Flamencogitarre. Eigentlich sollte er ja die Fotos für die Doku machen. In null Komma nix hatte er unser Schlafzimmer besetzt, seine Kopfhörer umgeschnallt und bebalzte nun stundenlang das geduldige Instrument.

Marion hatte eine nicht zu übersehende dominante Facette und bald stritten sich die beiden Plöner mehr und mehr. Das ging von fachlich bis intim und so was konnten wir natürlich gar nicht bei uns gebrauchen, wir mochten beide kein Geschrei und laute Streitereien waren uns ein Gräuel. Jörg bedankte sich bei Marion mit einem großen Indianerbild und schickte sie in die Wüste.

Wir hielten uns lieber an Ute und sie erklärte sich sogar bereit, außerhalb ihrer Arbeitszeit für ein bisschen Geld zusätzliche Übungsstunden mit Jörg durchzuziehen. Apropos durchziehen, das Marihuana war schwer zu besorgen und auch ganz schön teuer, aber da Jörg vom Sozialamt eine kleine Grundsicherung bekam, kriegte ich auch das irgendwie geregelt.

Jörg hatte eine Vision: Er wollte seine Malerei in einem Buch veröffentlichen. Seine beeindruckenden Indianerbilder waren inspiriert von den Powwows der Wikwemikong, einem Indianerstamm, den er damals in Amerika ein Jahr lang begleitet hatte.

Die Ureinwohner des amerikanischen Kontinents, die so gnadenlos in den ethnischen Ruin getrieben worden waren, zelebrieren mit kraftvollen Tänzen und Gesängen auf ihren jährlichen Zusammenkünften die Erneuerung des Jahres. Mit strahlender Energie und uralten Trommelrhythmen rufen sie die guten Mächte und bitten sie um Beistand und Hilfe. Bewundernswert.

Viele seiner beeindruckenden Impressionen hatte Jörg über Jahre hinweg auf die Leinwand gebannt, nun vergammelten sie unter der Brooklyn-Bridge in einem Lagerhaus ...

Aber Jörg hatte schon immer Dias von seinen Arbeiten gemacht. Wir schossen bei eBay einen günstigen Diascanner und Dennis machte sich unter Jörgs Anleitung an die Arbeit. Mit dem Malen war es jetzt ja wohl erstmal vorbei.

Hier und jetzt ...

Micha hat alle Sterne über Jörgs Bett an die Zimmerdecke geklebt, sogar ein paar Sternbilder sind ihm gelungen. Inzwischen sind rund um Stralsund alle Sterne aufgekauft. Morgen will Jochen aus der Hauptstadt
kommen und noch welche mitbringen ... Es ist aber
auch zu schön, abends nach dem Löschen der Lampe
den Sternen beim verheißungsvollen Schimmern zu-
zusehen. Ich lege meinen Kopf für eine kleine Weile
neben Jörg auf sein Kopfkissen.

„Liebling, bald sitz ich auch auf einem Stern", sagt
mein Schatz. „Wie der kleine Prinz."

Und mir wird schon wieder ganz anders, ich drücke
mich ganz doll an ihn und weiß nicht, was ich sagen
soll.

Heute Morgen hat die tägliche Fiebermessung ein
paar Grad zuviel angezeigt, das macht mich natürlich
gleich wieder etwas wuschig. Infolge der Lähmung
hat sich Jörgs Normaltemperatur bei 35,8 Grad einge-
pendelt, jetzt zeigt das Fieberthermometer 38,4 Grad.
Ich mache ihm kalte Wadenwickel und gebe ihm 30
Tropfen Novamin, das beruhigt ihn ein bisschen.

Er ist so furchtbar unruhig und stöhnt: „Schatz,
kannst du meine Arme bewegen? Das tut so gut, aah,
schön."

Und sein Kopf geht mit der Armbewegung immer
hin und her, hin und her. Es knackt und knarzt in seinen
Gelenken. Er hat die Augen geschlossen, ein Lächeln

sagt mir, dass er die Bewegungen genießt. Und dann schläft er einfach ein. Ich gebe ihm noch zehn Minuten Reiki und einen weichen Kuss auf seine schönen Lippen.

Der Kuss (2 Faces, 17.6.05)

Der junge Gurdjieff

Damals

Aus Reiner war nun ein Rentner geworden und die beiden Insulaner zogen erstmal zu uns, wir wollten uns zusammen im Internet umsehen, ob wir vielleicht eine neue Bleibe mit ganz viel Land drumrum finden könnten. Barbara litt auch darunter, dass sie uns nicht unterstützen konnte, sie wollte ihrer kleinen Schwester gern unter die Arme greifen und es wäre einfach praktisch, wenn wir vier zusammen wohnen würden. Jörg und ich wollten ja sowieso à la longue raus aus unserem Reihenhaus, wo unser Leben sich ausschließlich auf das Zimmer im Erdgeschoss beschränkte.

Viel Land, möglichst am Meer, dazu noch günstig, da blieb eigentlich nur Meck-Pomm. Und tatsächlich fanden wir unseren Traum, einen Hof mit zwei Häusern, von denen eins allerdings in einem ruinösen Zustand war, in der Nähe von Stralsund an der Ostsee.

Das andere Haus war tipptopp in Ordnung und Barbara und Reiner zogen in einem Oktober um. Rundherum lagen zwölf Hektar Land, die Reiner schon mal für die Wildtiere reservierte. Er würde Kleewiesen für die Hasen ansäen, große Sonnenblumenfelder und neu angepflanzte Hecken und Knicks sollten allen wilden Tieren das Leben schöner machen. Mit Feuereifer stürzten sich die beiden in ihr neues Leben.

Das alte, tote Haus wollten sie mit Hilfe von einigen Freunden wieder zum Leben erwecken, damit Jörg und ich irgendwann einziehen konnten.

Es würde allerdings noch eine Weile dauern, Trockenlegung, Entkernung und Sanierung würden einen Haufen Geld kosten. Das konnte man wohl nur peu à peu machen. Außerdem wollte ich meinen Renteneintritt mit 60 abwarten, bevor ich mit Jörg Hamburg verlassen würde. Als Hartz-IV-Empfängerin hatte man sich eben gewissen Regeln zu fügen, wenn nicht, hatte das sofort finanzielle Konsequenzen. Und so blieben wir erstmal in unserem alten Ambiente, und das war ja auch sehr schön. Allerdings waren vorn und hinten unüberwindliche Stufen.

Juppe, mein alter Freund, hatte für Jörg eine kleine Terrasse aus Holz gebaut, da konnte ich ihn manchmal mit seiner Hilfe 'rausschieben. Allein schaffte ich das nicht. Aber wir hatten auch ein riesiges Panoramafenster und Jörg konnte die wilden Kaninchen und die Vögel im Garten beobachten. Am liebsten beschäftigte er sich aber mit seinem Computer oder brachte die erstaunlichsten Dinge zu Papier.

Grenzenlose Phantasie

Ein Garten voller Wunder

Eines Tages hatte ich ein für mich einschneidendes Erlebnis: Der blöde Patientenlifter stand mir mit seinen gespreizten Schenkeln so unglaublich dumm im Weg, dass ich plötzlich stolperte und mit dem Knie, kawumm, direkt auf seinen eisernen Unterbau knallte.

Ein mich vollkommen durchdringender Schmerz ließ mich aufschreien, geschockt bis ins Mark auf den Boden sinken und in eine kurze, seltsame Ohnmacht fallen. Tausend Dinge schossen mir durch den Kopf, und dann sah ich eine merkwürdige, in strahlend helles Licht getauchte Gesellschaft an unserer Hecke im Garten vorbei direkt auf mich zukommen, bei halb geschlossenen Augen. Weißgekleidete Wesen, vielleicht zwölf an der Zahl, lächelten mich gütig an und die vorderste Wesenheit sprach zu mir:

DU BRAUCHST KEINE ANGST ZU HABEN.

Sie sagte das natürlich nicht so richtig auf Deutsch oder so, nein, sie vermittelte es mir so intensiv, dass ich das Gefühl hatte, die Wörter würden direkt in jede Zelle meines Körpers gesprochen. Das hört sich jetzt vielleicht platt an, aber eine Woge der Glückseligkeit durchflutete mich in diesem Moment und ich wusste gar nicht, wie mir geschah. Das hatte auch so was biblisches, so im Sinne von: Fürchte dich nicht!

Ich kam zu mir und war plötzlich irgendwie anders. Völlig ruhig ließ ich dieses Erlebnis in mir sanft abebben und blieb noch eine gefühlte Viertelstunde auf dem Boden liegen, bis Barbara kam und mir ganz pragmatisch ein Kühlkissen brachte.

Sie war sehr bestürzt, aber auch ergriffen, als ich ihr erzählte, was ich gerade eben erlebt hatte. Ich fühlte mich unbeschreiblich gelöst und getröstet. Nur der arme Jörg war völlig verstört, er hat ja mit ansehen müssen, wie ich hinfiel, aber als er meine Geschichte hörte, war er auch baff und gar nicht mehr traurig. Vielleicht war das so eine Art Nahtoderlebnis? Es hallt jedenfalls bis zum heutigen Tag in mir nach und gibt mir immer wieder Kraft, wenn ich es mir vergegenwärtige.

Unverhältnismäßig schnell beruhigte sich mein Knie und am nächsten Tag holte ich Jörgs alten Buddy Karim vom Flughafen ab. Er kam direkt aus New York City, wollte auf unbestimmte Zeit bleiben und ausgerechnet bei uns seine Lebensbilanz ziehen. Danach wollte er entscheiden, wie sein Leben weiterhin verlaufen sollte. Auch Marokkaner können depressiv sein. Konnten wir so was Schwieriges überhaupt gebrauchen? Einerseits freute ich mich für Jörg, andererseits hatte ich Angst, dass Karim den Ablauf des Tages mit den notwendigen pflegerischen und körperertüchtigenden Aktivitäten stören könnte.

Meine Sorge erwies sich als komplett unbegründet, das Einzige, was er immer machen wollte, war Couscous. Wir ließen ihn machen, bis uns das Zeug zum Hals raus hing ...

Nach sechs Wochen entschloss Karim sich spontan, nach Hawaii zu fliegen und dort sein Glück als Straßenmaler zu suchen. Das wird ihm bestimmt gelingen, er ist so ein begnadeter Sketcher. Wir haben nie wieder Couscous gegessen, entschuldige, Karim!

Es war immer viel los bei uns. Jeden Tag kam irgendein Nachbar vorbei, um mit Jörg zu klönen oder ihm was Leckeres zum Naschen zu bringen. Juppe war sowieso nachmittags meistens da, er hielt den Garten in Schuss und machte alles, worum ich ihn bat. Jack Plummer, Soulbrother aus alten New Yorker Zeiten, hatte sich für nächste Woche angesagt und ständig riefen irgendwelche Buddies aus aller Welt an. Ich freute mich über Jörgs riesige Fangemeinde – allen voran Diane, seine Exfrau. Alle Mimositäten waren seit Jörgs Unfall bei ihr wie weggewischt, sie schickte ihm Hörbücher und Filme auf Englisch und rief immer mal an, um sich zu erkundigen, wie es ihm ginge.

Auch unser beider durch die Scheidung angespanntes Verhältnis hatte sich in liebevolle gegenseitige Unvoreingenommenheit verwandelt, die nur durch meine unvollkommenen Kenntnisse der englischen Sprache nicht so richtig zum verbalen Ausdruck kommen konnte. Unsere Herzen schlugen für Jörg, und nur das war wichtig.

Inzwischen war ein riesiger Container mit Jörgs amerikanischen Besitztümern angekommen. Leider fehlte die Hälfte, alles andere war von lieblosen Händen schlampig in kaputte Pappkartons gestopft worden und Jörg war das erste Mal, seit ich ihn kannte, richtig sauer. Aber immerhin hatten unter all dem Krempel zehn seiner großformatigen Bilder und circa zwanzig kleinere die lange Schiffsreise unbeschadet überstanden und Dennis und ich brachten alles runter in Jörgs Studio, nachdem Jörgs strenges Auge den Inhalt jeder Kiste und jedes Kartons gründlich gesichtet hatte. Er konnte sich von nichts trennen – wir würden wohl alles mit nach Meck-Pomm nehmen müssen ...

Jim Rado war für ein paar Tage aus Amerika gekommen, um sein neues Musical „Rainbow" in Hamburg vorzustellen und seinen Freund zu besuchen. Er schenkte uns tausend Dollar und zwei wunderschöne indianische Traumfänger, der Gute.

Die beiden Intimi versanken in einem stundenlangen essentiellen Austausch, während ich in der Küche veganen Kartoffelsalat zubereitete, nicht ohne all meine Liebe da mit reinzuschnipseln.

Dann fuhr er wieder weg und wir konnten uns wieder mehr auf die Therapien konzentrieren. Dreimal wöchentlich wurden wir vormittags vom Krankentransport abgeholt und fuhren ins Rehazentrum Pinneberg, um Jörgs Genesung voran zu treiben. Neben Physio- und Ergotherapie war immer auch Unterwassermassage angesagt. Ich zog Jörg dann aus, während er im Rollstuhl saß und geriet dabei so verdammt ins Schwitzen, dass ich gleich, nachdem er mit dem Lifter zu Wasser gelassen worden war, erst in meinen Badeanzug und dann ins Becken sprang und in dem winzigen Pool ganz kleine Runden drehte.

Gerry, unser Trainer, gab sich große Mühe mit Jörg. Er lehre ihn sogar, im Wasser an seinen stützenden Händen ein paar Schritte zu machen und ich war begeistert. Danach wurde er auf eine Liege geliftet, ich trocknete ihn ab und zog ihm in der feuchtwarmen Halle wieder an.

Ich konnte nicht verbergen, dass mich das ungeheuer anstrengte und Jörg wollte irgendwann nicht mehr ins Wasser. Es tat ihm leid, dass ich mich so schinden musste, aber es fehlte ihm auch selbst der Biss. Er hatte außerdem sporadisch unter Magen-Darmstörungen oder Harnweginfektionen zu leiden, dann fiel der Badetag natürlich sowieso aus.

Wieder zu Hause, wollte Jörg immer sofort wieder schreiben oder zeichnen, auch wenn es ihn fast übermenschliche Kraft kostete, für jeden Buchstaben oder Strich den Arm ein paar Zentimeter heben zu müssen. Heraus kamen aber nach tagelangem Ringen immer unbegreiflich faszinierende Geschichten und Bilder.

Wenn ich an Bederkesa denke

Inzwischen war unser neues Haus im Osten soweit wiederhergestellt und wir beschlossen, unser zukünftiges Zuhause mal persönlich in Augenschein zu nehmen. Von unserem Krankentransportunternehmen hatten wir schon vor Monaten einen alten Ford Transit gekauft und unseren Kangoo in Zahlung gegeben. Nun konnte Jörg bequem hinten im Laderaum auf seiner Matratze liegen, Rolli und Lifter passten auch noch rein. Alle Pflegeutensilien, Tabletten und Verpflegung wurden eingepackt, und schon ging's los nach Meck-Pomm.

Die Fahrt war doch ziemlich anstrengend, aber ich wusste Barbara auf der Autobahn hinter mir, wir machten ein paar Erfrischungspausen und endlich konnte ich meine kostbare Fracht ausladen.

Jörg machte große Augen, als er den schönen Hof mit den blühenden Obstbäumen und den beiden einladenden Häusern sah. Wir wussten sofort, dass wir uns hier wohlfühlen würden. Rundherum Felder, Wiesen und Wälder, einfach schön. Das Haus war toll, ein paar Wände weniger und wir würden eine großzügige Wohnung mit Aussicht haben, wo man wunderbar mit dem Rolli rum, raus und reinfahren konnte. Alles ohne Treppen, herrlich! Wir blieben über Nacht und fuhren am nächsten Tag relaxed nach Hamburg zurück.

Jetzt konnte eigentlich nichts mehr schiefgehen und wir ließen die Tage, Wochen und Monate mit allem Drum und Dran verstreichen.

Endlich konnte ich dem Umzugskollektiv einen Termin geben und wir packten unser Zuhause mit Hilfe von allen verfügbaren Verwandten und Freunden in gefühlte tausend Umzugskartons.

Ich stellte Jörgs Matratze auf konstant, entfernte den Motor und legte sie hinten in den Ford Transit. Mit vereinten Kräften und mit Hilfe des Lifters schafften wir es, ihn gemütlich oben drauf zu betten. Wir sagten unserem lieben Haus adieu und überließen es Marcus, Nikola und den Kindern. Dann fuhren wir hinter dem riesigen Umzugswagen her, durch die Stadt, auf die Autobahn, immer in Richtung Osten.

Unser neues Zuhause übertraf all unsere Erwartungen. Jörgs Zimmer hatte einen goldgelben Sonnen-

anstrich erhalten, es war groß genug für etwaige Rolli-
fahrten und die Aussicht von seinem Bett über die wei-
ten Felder und Knicks bis rüber nach Steinhagen war
wirklich imposant.

Überraschend schnell fand ich einen neuen Hausarzt für Jörg, was mich nach den frustrierenden Erfah-
rungen in Hamburg richtig glücklich machte.

Dr. Stangl war sofort zur Stelle und verschrieb alle nötigen Medikamente und Therapien, ohne zu murren. Mindestens zweimal pro Woche kam er auf einen
Krankenbesuch zu uns, maß Jörgs Blutdruck und Puls
und die beiden plauschten ein wenig über dies und
das. Er war sehr interessiert an Jörgs Leben und
ließ sich alles haarklein erzählen, von Amerika, New

York, den Indianern und den riesigen Büffelherden, da drüben in Übersee.

Wir fanden schnell ein Klinikum in Stralsund und ein tolles, engagiertes Krankentransportunternehmen, sodass Jörg mit seinem Training fast übergangslos fortfahren konnte. Wir hatten Glück mit allem. Wir hatten vor allem das Gefühl, bei diesen Menschen hier im Osten bestens aufgehoben zu sein. Alles ging hier viel unbürokratischer über die Bühne und uns kam so viel Herzlichkeit und menschliches Mitgefühl entgegen, dass es uns schier vom Hocker riss.

Nur eins konnten die Menschen hier nicht begreifen: Dass wir aus der großen Stadt Hamburg ausgerechnet hierher an den Arsch der Welt gezogen waren ... Sei's drum.

Depardieu and the Dark Side (2008)

Inzwischen war Jörgs Buch „Wikwemikong" fertig, wir hatten eine Online-Druckerei gefunden und bestellten fünfzig Stück. Jörg wollte allen Freunden und Verwandten ein Exemplar schicken und war glücklich und stolz. Das war es, was er für sich wollte: Kreativität. Alles andere wollte er lieber unter der Menschheit verteilen.

Mir kam der Gedanke, dass Jörg seinen Körper im Laufe seines verrückten Lebens vielleicht schon genug strapaziert hatte und dass jetzt mal uneingeschränkt sein Geist an der Reihe war. Und er hörte nicht auf, seiner Phantasie freien Lauf zu lassen, Handicap hin oder her, er war und blieb ein autonomer Kreativitätsaktivist.

GEBRÜDER HOTZENPLOTZ ‹4/5

Eines Morgens entdeckte ich an seinem Hals eine beunruhigende Schwellung, die HNO-Ärztin inspizierte seinen Schlund und stellte einen Knoten an den Stimmlippen fest. Bösartig, Krankenhaus, Operation. Verzweiflung, jedenfalls meinerseits.

Was musste dieser Mensch eigentlich noch alles ertragen? War es immer noch nicht genug, wollte sein Körper den jahrzehntelang betriebenen Raubbau noch mal in aller Deutlichkeit kommentieren? Wie auch immer, wir hatten Glück, der Tumor konnte komplett entfernt werden, nur Jörgs Stimme hat sich nie wieder so richtig erholt. Sie war von nun an leise und etwas rau. Jörgs Freude am Leben tat das alles keinen Abbruch, solange er kreativ sein konnte. Seine Schwestern kamen regelmäßig, um uns zu besuchen. Es ist doch immer wieder erstaunlich, dass die richtig großen Katastrophen uns wieder auf den Punkt bringen können.

Letztes Jahr hatte Micha eine glänzende Idee. Er wollte für seinen Freund ein letztes Mal eine große Ausstellung organisieren. Nach langem Suchen war eine passende Location gefunden.

In unserem näheren Umfeld gab es eine Brauscheune, die in ganz Vorpommern als Geheimtipp galt. Der Betreiber des Rumpelstilz war Feuer und Flamme und beide stürzten sich sofort in die Vorbereitungen. Michas Freundin Heike wurde aus Berlin abkommandiert und half bei der Sichtung, Beschriftung und Katalogisierung aller noch verfügbaren Bilder. Auch Jörgs neue, im gelähmten Zustand entstandene Zeichnungen sollten ausgestellt werden. Parallel wurden noch ein paar Bücher zusammengestellt, die dann verkauft werden sollten. Seine Geschichten, die Micha unter dem Titel GRINGO in einem Buch zusammengefasst hatte, lagen inzwischen sogar als Hörbuch vor, das auch angeboten werden sollte. Alles ging zügig voran, die Einladungskarten wurden verschickt und in der Umgebung wurden massenhaft Flyer verteilt, die das bevorstehende Ereignis ankündigten. Micha kontaktierte eine liebenswürdige Journalistin von der Ostseezeitung, die prompt einen anschaulichen Artikel über Jörgs Werke und die bevorstehende Vernissage veröffentlichte.

„Yatahe", das indianische Wort für „Willkommen", war das Motto des Tages, Jörg war total aufgeregt.

Dann kam der große Tag. Am 14. November 2009 war es soweit.

Thorsten, unser Mann vom Krankentransport, kam pünktlich um siebzehn Uhr dreißig, um uns abzuholen. Die Vernissage hatte schon eine halbe Stunde früher begonnen, aber wir wollten erst erscheinen, wenn alle Freunde und Bekannten sich begrüßt, und an den wunderschön dekorierten Tischen in befreundeten Grüppchen Platz genommen hatten.

Dann schob ich Jörg in den Ort des Geschehens. Es erhob sich ein orgiastisches Applaudatio, das seinesgleichen suchte. Die Gäste erhoben sich und standing ovations beherrschten minutenlang den Raum.

Als der Applaus abebbte, sagte Jörg: „Stellt euch schon mal in einer Reihe auf, damit ich euch alle abknutschen kann!"

Was die Menschen auch taten. Im Nu bildete sich eine lange Schlange und jeder Einzelne nahm Jörg in den Arm, küsste, begrüßte und beglückwünschte ihn, viele überreichten ihm Blumen und beteuerten ihre Bewunderung für seine Bilder und ihn, den Künstler.

Alle waren gekommen, aus Hamburg, Berlin und dem ganzen Bundesgebiet. Und wildfremde Menschen aus der Umgebung, die aus der Zeitung von dem Event erfahren hatten, umarmten Jörg mit Tränen in den Augen.

Micha sprach unter Tränen ein paar Eingangsworte, er war immer sehr schnell gerührt, hatte sich aber bald gefangen.

Es war ihm gelungen, ein Kamerateam zu organisieren, per livestream sollte die Show im Internet überall auf der Welt zeitgleich zu sehen sein. Er machte Interviews mit den Gästen und erzählte zu jedem Bild eine kleine Geschichte.

Alle lauschten gebannt, als er eine der skurrilen Geschichten aus GRINGO vortrug. Nach zwei Stunden konnte Jörg nicht mehr sitzen und wir ließen uns von Thorsten nach Hause fahren, was der Party im Rumpelstilz aber keinen Abbruch tat.

Die meisten unserer Freunde übernachteten in umliegenden Pensionen und am nächsten Morgen fanden sich alle bei uns zu einem fröhlichen und opulenten Frühstück ein.

Natürlich vegetarisch.

Es war alles ein bisschen zu viel für Jörg gewesen, zumal er inzwischen sowieso körperlich ziemlich abbaute. Die nächsten Monate zeigten überdeutlich: Von nun an ging's bergab.

Hier und jetzt

Heute ist Jörg sehr schwach, er kann kaum sprechen und es fällt ihm schwer, die Wörter zu finden. Gott sei Dank weiß ich sowieso fast immer, was er sagen möchte. Er hatte morgens große Schmerzen, fast überall, und Doktor Brunsch, unser neuer Hausarzt, hatte ihm starke Schmerzmittel verordnet, als er vormittags vorbeischaute. Er ist außer der schulmedizinischen Behandlungsweise auf Homöopathie und Naturheilkunde spezialisiert und Doktor Stangl hat Jörgs Krankengeschichte unkompliziert in seine Hände gelegt. Ich finde, das war eine gute Entscheidung, Doktor Brunsch, wir nennen ihn Brunschi, ist nämlich auch in spiritueller Hinsicht mehr auf unserer Ebene.

In der Küche haben wir dann noch ein ernstes Gespräch, er nimmt mich in den Arm und sagt so was wie, dass es jederzeit soweit sein könne. Ich weiß nicht, was ich fühlen soll, gestern Abend im Bett hab ich den großen Geist zwar gebeten, Jörgi nicht mehr allzu lange auf die Folter zu spannen, aber wenn ich mir vorstelle, das er drauf und dran ist, zu gehen, wird mir ganz anders. Ich rauche hastig eine American Spirit gelb, drücke sie aus, er klingelt.

„Schatzi, hab ich dir heute eigentlich schon gesagt, wie lieb ich dich hab?", flüstert er rau.

„Nein Süßer, hast du heute noch gar nicht."

„Ich lieb dich mehr als alles auf der Welt, mein Engel, ich bin so glücklich ..."

Ich bete, dass er die beiden Tränen nicht sieht, die mir über die Backen rollen. Ach Scheiße, warum eigentlich? Und da kommt auch schon mein momentaner Lieblingssatz: „Gib mir mal deine Backe, mein Herz."

Und er legt seine wunderbaren Lippen an mein Gesicht und gibt mir einen grandiosen Kuss, der mir so durch und durch geht, dass ich alles um mich rum vergesse, allen Kummer, alle Angst, alle Qual. Das kann er, mein Liebster.

Wir schmiegen unsere Seelen aneinander und beschließen in stiller, heiliger Übereinkunft, alles auf uns zukommen zu lassen.

„Lass uns 'n bisschen rausgehen", sagt er matt, und ich bin glücklich, dass er einen Wunsch hat, den ich ihm erfüllen kann.

Ich schiebe ihn in seinem Rolli über den Hof, durch das Tor, raus auf den Plattenweg, an den blühenden Kornfeldern mit ihren roten Mohnsprengseln vorbei, immer weiter. Im lauen Juliwind bleiben wir stehen. Ich knie vor ihm nieder und schaue zu ihm hoch.

„Kuck mal, wie schön das hier ist", sage ich, und er: „Du bist das Allerschönste, mein Traum."

Er lächelt mich an.

„Nein, du", sage ich ernst.

Zurück auf unserem Hof spanne ich den Sonnenschirm auf und hole Kaffee und einen Joint. Aber er ist schon eingeschlafen, Barbara kommt und hilft mir, Jörgs Arme auf große Kissen zu betten. Sie weint.

„Anke, ich glaub, er stirbt schon ein bisschen", sagt sie leise und umarmt mich.

„Aber es wär doch auch schön, wenn er den Sommer noch ein wenig genießen könnte, er ist so voller Liebe."

Er schläft ein Viertelstündchen, dann möchte er wieder rein, aufs Bett. Arte zeigt einen Film über Machu Picchu, als er endlich wieder in Position liegt.

„Liebling, ich war noch nie so glücklich", sagt der Besondere und ich kuschel mich an seine Seite, so gut es geht.

„Und ich erst."

Abends ist Jörg so unruhig und ich rufe Doktor Brunsch an, der verspricht, sobald es geht, zu kommen. Er bringt Tabletten mit, von denen ich Jörg eine geben soll, wenn sein Zustand sich nicht bessern sollte. Und dann noch eine, zwei Stunden später. Das tue ich.

Ich mache noch etwas: Ich bringe meine Matratze in Jörgis Zimmer und platziere sie direkt neben sein Bett.

Er starrt hinauf zu den Sternen.

„Liebling, ich glaub, ich geh bald auf die große Reise", sagt er ganz ruhig. „Ich möchte in die großen Gesänge miteinstimmen."

„Ich bin ja bei dir, mein Liebster."

Ich schlucke schwer an dem Kloß in meinem Hals.

„Kannst du mir ein bisschen die Arme bewegen, Schatz?"

Ich nehme seine Hand und den Ellenbogen und lasse erst den einen, dann den anderen Arm kleine Kreise machen, er stöhnt wohlig und sagt: „Anke, ich möchte raus, ich möchte so gern raus ... "

Ich drücke mich an ihn.

„Mein Liebling, es ist doch schon zehn Uhr, und gleich wird es dunkel. Ich versprech dir, morgen früh, machen wir als allererstes den Rausgeher, Ehrenwort!"

Ich habe große Mühe, ihm seine Idee auszureden. Später werde ich es mir vorwerfen, dass ich seinen Wunsch so rigoros ignoriert habe. Aber das weiß ich noch nicht. Ich bin ja auch nur ein Mensch. Später werde ich sein Ansinnen, rauszugehen, als starken Drang, seinen Körper verlassen zu wollen, interpretieren.

Wie jeden Abend lege ich ihm seine Einschlafhilfe, eine Tavortablette, unter die Zunge, lege mich neben ihm auf mein Lager und nach unserem allabendlichen Gutenachtritual – „Gute Nacht, mein Stern, schlaf schön und träum süß", „Du auch mein Engel, gute Nacht, ich liebe dich!", gefolgt von lieben kleinen Küsschen – schlummern wir ein.

Nachts wache ich auf aus einem wunderbaren Traum und höre Jörg ein paar Stunden beim Atmen zu. So gleichmäßig und unaufgeregt ist er schon lange nicht mehr mit der Luft umgegangen, irgendwann nehme ich seine Hand und wende mich beruhigt wieder meinen Traumgestalten zu, die mir auch prompt signalisieren: Alles ist gut.

Oh Gott, schon halb zehn, ich schnelle hoch, Jörgs Hand springt aus meiner, ich schnapp sie mir, ganz kalt. Er atmet ruhig und sieht ganz entspannt aus. Ich geh mal schnell zum Klo. Wieder bei Jörg, frage ich mich, ob ich ihn wecken soll, sehe ihm beim Atmen zu.

Beim Atmen? Grade hat er aufgehört, ich glaub es nicht, das eben war sein letzter Atemzug, alles in mir wird starr und weich zugleich. Voll und leer, gut und böse, yin und yang. Ich werfe mich auf ihn, ich weiß, man soll nicht weinen, aber ich breche in tausend Stücke und winde mich schluchzend über ihm, versuche, mich wieder aufzurichten und finde mich am Fenstergriff, ich weiß, man soll die Fenster weit öffnen, um der Seele den ihr gebührenden Raum zu geben.

Sie will ja jetzt überall hin, sucht die wide open spaces, wo das Alles ist. Ich weiß noch was: Der Gehörsinn bleibt noch lange funktionsfähig. Ich kauere mich neben mein Leben und flüstere meinem Schatz die Abermillonen Liebesworte ins Ohr, für die sein irdisches Dasein einfach zu kurz war. Oder meins, mit ihm.

Ich gehe rüber zu Barbara, sie weiß sofort Bescheid. Wir holen Reiner und gehen zu dritt Hand in Hand zu Jörg. Die beiden versichern ihm mit Tränen in den Augen ein letztes Mal ihre Liebe, jeder auf seine Art.

Wir sprechen zusammen das von alters her bewährte Vaterunser. Obwohl wir alle schon seit längerer Zeit den eher buddhistischen Weg gehen, hat dieses schöne Gedicht auch für uns niemals seine Magie verloren. Ich lege die CD von George Stonefish und seinen indianischen Freunden mit ihrem machtvollen Powwowgetrommel in den CD Player.

In New York ist es jetzt kurz vor vier Uhr morgens, ich rufe Diane, seine Ex, an und erzähle ihr in wenigen Worten, was gerade eben passiert ist, frage sie, ob sie Jörg noch was ins Ohr sagen will. Sie ist dankbar für meinen Anruf und freut sich, noch ein letztes Mal so intim mit ihm in Kontakt treten zu können. Jochen, Plummer, James, Micha und Jörgs Schwestern wollen ihm auch noch ein paar Worte mit auf die große Reise geben.

Ich hole mein schönstes indisches Baumwolltuch, das mit den vielen OMs drauf, binde Jörg das Kinn hoch, weil ich nicht möchte, dass sein Kinn so hilflos runterhängt, wenn die Totenstarre einsetzt und lege sein Lieblingskissen, das mit den vielen winzigen Spiegeln und indischen Symbolen bestickte, unter seinen Kopf.

Ich bin ganz ruhig und Barbara hilft mir, Jörg sein weißes feierliches Hemd mit den Biesen und den schwarzen Anzug anzuziehen. Dann entfernen wir alles, was im weitesten Sinne mit Pflege und Medikation zu tun hat, aus dem Zimmer. Er braucht das alles nicht mehr.

✳

Rudolf Steiner schrieb in „Der Tod – die andere Seite des Lebens":

Es ist beim Übertritte eines uns lieben Menschen in die anderen Welten ganz besonders wichtig, dass wir unsere Gedanken und Gefühle zu ihm senden, ohne dass wir die Vorstellung aufkommen lassen, als wollten wir ihn zurückhaben. Dies Letztere erschwert dem Hingegangenen das Dasein in der Sphäre, in die er einzutreten hat. Nicht das Leid, das wir haben, sondern die Liebe, die wir ihm geben, sollen wir in seine Welt senden. Missverstehen Sie mich nicht. Nicht etwa hart sollen wir werden oder gleichgültig, aber es soll uns möglich sein, auf den Toten zu blicken mit dem Gedanken: „Meine Liebe begleite dich! Du bist von ihr umgeben."
Nach meinen Erkenntnissen ist ein solch begleitendes Gefühl eine Art Flügelkleid, das den Toten aufwärts trägt, während die Gefühle vieler Leidtragender wie etwa: „Ach, wärest du doch noch bei uns" ihm zum Hemmnis werden.

Werden Sie ganz still in diesem Gedanken dreimal
des Tages:

Meine Liebe sei den Hüllen,
die dich jetzt umgeben –
kühlend alle Wärme,
wärmend alle Kälte –
opfernd einverwoben!
Lebe liebgetragen,
lichtbeschenkt
nach oben!
Amen.

Es kommt darauf an, dass Sie bei den Worten
„Wärme" und „Kälte" die richtigen Gefühle haben. Es
ist nicht die physische Wärme oder Kälte gemeint, son-
dern etwas von Gefühlswärme und Gefühlskälte, ob-
wohl der in physischer Hülle befindliche Mensch sich
nicht ganz leicht eine Vorstellung von dem machen
kann, was diese Eigenschaften für den Entkörperten
bedeuten. Dieser muss nämlich zunächst gewahr wer-
den, dass das noch an ihm befindliche Astrale wirk-
sam ist, ohne dass es sich der physischen Werkzeu-
ge bedienen kann. Vieles, wonach der Mensch hier
auf Erden strebt, wird ihm durch die physischen Werk-
zeuge gegeben. Nun sind diese nicht mehr verfügbar.
Dieses Nichthaben der physischen Organe gleicht –
aber eben gleicht nur – dem Gefühl des brennenden
Durstes ins Seelische übertragen. Das sind die star-
ken Hitzeempfindungen nach der Entkörperung. Und
ebenso ist es mit dem, wonach unser Wille verlangt,
es zu tun. Er ist gewöhnt, sich physischer Organe zu
bedienen und hat sie nicht mehr. Diese „Entbehrung"
kommt einem seelischen Kältegefühl gleich. Gerade

diesen Gefühlen gegenüber können die Lebenden eingreifend helfen. Denn diese Gefühle sind nicht etwa bloß Ergebnisse des individuellen Lebens, sondern sie hängen zusammen mit den Mysterien der Inkarnation. Und es ist deshalb möglich, dem Entkörperten zu Hilfe zu kommen.

Barbara geht in den Garten und kommt mit einem Armvoll Sommerblumen wieder, die wir auf Jörgs Körper verteilen. Dann zünden wir eine Kerze an, öffnen die Proseccoflasche und fangen an, zum Powwow zu tanzen und zu singen, bis der Arzt kommt. Hier hat der alte Witz mal seine Berechtigung ...

Brunschi stellt den Tod oberamtlich fest und den Totenschein aus. Inzwischen hat die Totenstarre eingesetzt und ich kann sein Gesicht von dem Tuch befreien, das ihn wie einen Zahnkranken aussehen ließ. Nun ist er ganz er selbst, leicht lächelnd und fern aller Schmerzen.

Wie ich es verstanden habe, wird es wohl etwa drei Tage dauern, bis seine Seele das Bardo erreicht, die Zwischenstation aller Reisenden, und ich möchte Jörg dabei keinen Stress machen, indem ich ihm beispielsweise vorjammere, wie furchtbar traurig ich bin. Ich schätze, dass die Reise sowieso nicht so einfach sein wird. Man weiß es nicht.

Leider kommen schon am Nachmittag die Bestatter, es ist einer dieser wirklich heißen Julitage, die es nicht erlauben, einen Leichnam tagelang in Ruhe zuhause liegen zu lassen, und so versuche ich, mich in das Unabänderliche zu fügen. Was mir leider nicht gelingt, entschuldige, Jörg.

Als die Männer ihn mitnehmen wollen, ist alle Theorie plötzlich wie weggeblasen und ich breche in ein animalisches Wehgeschrei aus, das mir jeden Bezug zur Realität raubt. Ich bin einfach nicht imstande, meinen Allerliebsten einfach so herzugeben, mir scheint gerade in diesem Moment klar zu werden, dass unser gemeinsames Erdenleben jetzt und hier einfach zu Ende gegangen ist. Ich kann es nicht ertragen.

Barbara nimmt mich in ihre Arme und Brunschi gibt mir eine tröstliche Pille, keine Ahnung, was das ist, aber es hilft. Danke, Pharmaindustrie.

Micha kommt aus Berlin, um uns bei den Formalitäten zu unterstützen. Er übernimmt die Benachrichtigung der Fangemeinde in aller Welt per E-Mail und Barbara verschickt 200 Trauerbriefe mit einem von Jörg gemalten Bild, das Sonne, Mond und Sterne zeigt.

Ich selbst bin in meiner bleiernen Absenz gefangen.

Allmählich komme ich wieder zu mir, drei Tage sind locker um und vielleicht kann ich jetzt schon mal um ein Zeichen bitten. Ich setze mich auf unser altes Sofa, das ich inzwischen genau an die Stelle gerückt habe, wo vor wenigen Tagen noch Jörgs Bett stand, lege meine Hände zusammen und flüstere: Gib mir ein Zeichen, gib mir ein Zeichen, bitte, bitte, ich möchte ein Zeichen ...

Irgendeine Macht zieht mich zum Fenster, glühende Hände schieben mich zu unserer alten Grünpflanze auf der Fensterbank. Aus Gründen der Raumluftqualität teilen wir jetzt schon seit circa fünf Jahren unsere Wohnung mit ihr. Ich seh sie mir zum allerersten Mal in ihrem Leben ganz genau an und mir wird schwindelig. Viele, viele kleine weiße Blüten lächeln mich an. Ich fass es nicht, diese Pflanze hat noch nie geblüht!

Noch nie.

Völlig verzaubert lasse ich mich auf unser Sofa sinken und bin sicher, das hat Jörg getan, glaubt, was ihr wollt. Dann hole ich sofort ein Glas energetisch aufgeladenes Umkehrosmosewasser, um mein neues grünes Medium zu tränken und schwöre mir, die Wunderpflanze von nun an wie meinen Augapfel zu behandeln.

Immer wieder empfange ich Zeichen von Jörg. Beim Zappen bleibe ich plötzlich in einer Szene hängen.

„Du weißt doch, was der kleine Prinz gesagt hat", sagt eine Frau zur anderen: „Wenn du bei Nacht den Himmel anschaust, wird es dir sein, als lachten alle Sterne, weil ich auf einem von ihnen wohne."

Schon wieder dieses Kribbeln in meinem Kreuz, ich denke intensiv an Jörg und spüre eine innige Verbindung, die mich auf nie gekannte Weise erschauern lässt.

Wieder spüre ich diese Stimme. Ich liege im Bett und bin plötzlich hellwach.

„Anke."

Nur das sagt Jörg. Mein Name kriecht in mich hinein, ich fühle ihn in jeder Zelle. Jede Membran in meinem Körper stimmt mit ein in die überwältigende göttliche Schwingung.

Glückselig schlafe ich wieder ein.

Abends sitze ich auf unserem Sofa, lege die Hände zum Gebet zusammen und sage artig in Richtung Sterne: „Jörgi, du brauchst mir jetzt keine Zeichen mehr zu geben, ich weiß, es geht dir gut und ich winde mich auch schon noch raus aus meinem Kummer ... Mach dir keine Sorgen. Kümmer dich um dich und deinen Weg, du wohnst jetzt ja nicht mehr hier. Du wohnst jetzt in meinem Herzen."

Ich spüre förmlich, wie eine große Last in die universelle Bedeutungslosigkeit fällt und wir uns verstanden haben.

Schwester Ruth hat sich erboten, für den Ablauf der kirchlichen Abschiedsfeier zu sorgen. Sie und Schwester Gundula wollen auch die Kosten für die Beerdigung und die christliche Trauerfeier übernehmen, wofür ich unermesslich dankbar bin. Sie ruft mich an und fragt, was für eine CD meiner Meinung nach während der Zeremonie angebracht wäre. Mir fällt auf die Schnelle nur Bach ein, die Brandenburgischen Konzerte. Wir einigen uns auf das dritte und ich lege die CD schon mal raus.

Die Feier soll in Neuruppin stattfinden, dem Geburtsort von Jörg, und morgens machen Barbara, Reiner, Micha und ich uns auf den Weg. Jörgs Schwestern, Nichten und Neffen sowie einige enge Freunde wollen von Berlin aus direkt zur Kapelle fahren.

Wir sind schon fast auf der Autobahn, da durchfährt es mich wie ein Blitz: Ich habe die CD mit dem Brandenburgischen Konzert vergessen! Damn! Alles zurück auf Start. Wir drehen um und fahren noch mal nach Hause. Ich flitze ins Haus, will schnell die CD holen – sie ist nicht da, ich kann sie nicht finden. Die anderen werden schon ungeduldig, wir müssen endlich los. Barbara hilft mir suchen, aber die CD bleibt verschwunden.

Ich habe eine Eingebung.

„Weißt du was? Wir nehmen jetzt einfach Miles Davis mit. Sketches of Spain! Das haben wir doch immer so gern gehört, das ist bestimmt o.k. für Jörg."

So, jetzt aber los.

Vor der Kapelle warten schon alle. Ruth ist etwas verwirrt, weil ich ja nun eigenmächtig und kurzfristig umdisponiert habe, was die musikalische Komponente der Feier betrifft, aber sie nimmt es tapfer.

Wir machen uns mit dem Pastor bekannt, einem netten, kleinen Mann, dem es hoffentlich nicht allzu schwer gefallen ist, sich in Jörgs schillerndes Leben hineinzufinden. Er soll ja schließlich ein paar wohlmeinende Worte sagen, aber Ruth wird ihn wohl beim Vorgespräch dementsprechend instruiert haben. Die Feierlichkeit verläuft wie erwartet, wir lassen die Urne in das Erdloch gleiten, was mich irritierenderweise etwas erschüttert, ich gebe noch den kleinen Büffel mit auf den Weg und bin dann doch erstaunt, dass Jörg für mich der einzige in keiner Form Anwesende ist.

Für mich ist die Asche seines Körpers total bedeutungslos, dem großen Geist sei Dank! Ich weiß ihn in Gefilden, die nichts mit diesem matschigen Friedhof, dem Schmuddelwetter und den zerdrückten Tränen zu tun haben.

Wenn ich mal das Zeitliche segne, würde ich meinen Körper am liebsten auf einem hohen Berggipfel den Geiern zum Fraß anbieten, für mich die edelste Art des Scheidens. Recycle and Pray, wie Jörgs alter Freund Rolando sagen würde. Schade, einige seiner New Yorker Brothers vermisse ich doch.

Morgen soll die weltliche Party für Jörg im Rumpelstilz steigen, wir haben alle eingeladen. Micha hat seine Konga aus Berlin mitgebracht und Doro, eine begnadete Folksängerin aus unserem Dorf, wird ein paar Lieder intonieren. Ich habe sie gebeten, „Aquarius" aus dem Musical „Hair" einzuüben, das wird Jörg gefallen. Diane hat einen wunderbaren Choral für Jörg geschrieben und Joanne, eine amerikanische Jazzsängerin, singt den berührenden Text per mp3 Jörg auf den Leib, während die ersten Gäste eintreffen.

Einfach zum Dahinschmelzen.

Immer mehr Menschen finden sich im Rumpelstilz ein und setzen sich an die mit Apfelkuchen und Kaffee gedeckten Tische.

Wieder sind wildfremde Leute dabei, die aus der Ostseezeitung erfahren haben, dass Jörg gestorben ist. Unsere Leib-und-Magen-Journalistin Ines Sommer hat noch mal einen herzerwärmenden Artikel über Jörg und sein Lebenswerk veröffentlicht und die Traueranzeige war auch nicht zu übersehen.

Micha sagt unter Tränen ein paar passende Worte und fängt spontan an zu trommeln. Danach greift Doro zur Gitarre und beginnt mit ihrer Performance. Wir singen alle inbrünstig mit.

Abends treffen wir uns mit den liebsten Freunden bei uns auf dem Hof. Es gibt Pellkartoffeln mit Quark, die erste Proseccoflasche von vielen wird entkorkt und alle erzählen Döntjes von Jörg.

Ich gehe zur Musikanlage, um ein bisschen Tanzmusik aufzulegen und wundere mich kein bisschen, als genau daneben die Bach-CD mit dem Brandenburgischen Konzert liegt ...

Es wird ein wundervoller Abend für Jörg, alle haben Spaß und wir lachen, singen und tanzen bis in den frühen Morgen. Und Jörg ist allgegenwärtig.

Wochen später finde ich beim Recherchieren in Jörgs PC einen Ordner, betitelt mit „Für Anke". Mit zitternden Händen öffne ich die Datei und lese:

When I go

When I go
and I
Got to be present
Me & Myself
In person
Let pure joy reign
To carry me over.
While your love
My love
Illuminates
The way
I want you
To listen to
Sketches of Spain
And Aquarius.
Don't forget
To pop
The Champagne
And light up.

Keep on rock'n
In a free world.

Na also, wir haben wohl alles richtig gemacht.

Ende offen ...

Zeitfracht Medien GmbH
Ferdinand-Jühlke-Straße 7
99095 Erfurt, Deutschland
produktsicherheit@kolibri360.de